TOKSYNA

SŁAWOMIR JASTRZĘBOWSKI

Świat Książki
wydawnictwo

Wydawca
Joanna Laprus-Mikulska

Redaktor prowadzący
Iwona Denkiewicz

Korekta
Mirosława Kostrzyńska
Marzenna Kłos

Copyright © by Sławomir Jastrzębowski, 2018
Copyright © for this edition
by Dressler Dublin sp. z o.o., 2018

Wydawnictwo Świat Książki
02-103 Warszawa, ul. Hankiewicza 2

Warszawa 2018

Księgarnia internetowa: swiatksiazki.pl

Skład i łamanie
Plus 2 Witold Kuśmierczyk

Druk i oprawa
Opolgraf S.A.

Dystrybucja
Firma Księgarska Olesiejuk sp. z o.o.
05-850 Ożarów Mazowiecki, ul. Poznańska 91
e-mail: hurt@olesiejuk.pl, tel. 22 733 50 10
www.olesiejuk.pl

ISBN 978-83-8031-928-8
Nr 90090323

To istotnie portret, lecz nie jednego człowieka; jest to zbiorowy portret wad całego naszego pokolenia w pełnym ich rozkwicie. Powiecie mi znowu, że człowiek nie może być taki zły, a ja wam powiem...

Michaił Lermontow, *Bohater naszych czasów*

Widziałem najlepsze umysły naszego pokolenia zniszczone szaleństwem.

Allen Ginsberg, *Skowyt*

Chciałbym być dobrym człowiekiem, ale okoliczności są niesprzyjające...

Ona mówi do mnie tak:
– Pierdolnij mnie, proszę, pierdolnij.
A ja mam natychmiast łzy w oczach, i kaszmirowy garnitur Ermenegildo Zegny, i poziom testosteronu przekroczony trzykrotnie, co najmniej, chuj mi w dupę. I ja ją błagam, normalnie błagam ją:
– Proszę, nie rób mi tego.
A ona na mnie patrzy.
Urywa mi się oddech, jakby tremę miał, ten oddech. Ona ma oczy niebieskie i nikt nie powinien mieć takich oczu. I kiedy już wiem, że nikt nie powinien mieć takich oczu dla dobra innych, takich oczu nie powinno się robić czy stwarzać, czy coś, to już wiem, że przegrałem. Bo ona patrzy na niebiesko. Na niebiesko patrzy ona. Na niebiesko i mówi:
– Pierdolnij mnie chociaż raz, pierdolnij.
Ja się niby bronię, co jest już w tym momencie bez sensu i mówię jej, że kurwa jebana, ale jak? Że tu jest Warszawa, stolica bohaterów bohaterska,

gdzie krew przelewano polską dla Polaków, żeby była Polska, nasza ojczyzna. Tu jest centrum handlowe Promenada, tu jest parking, o czym ona wie. Ale ja jej to mówię. A ona, że wie. I ja mówię, że wszyscy patrzą na parkingu, widzą, że akurat cały świat nas obserwuje.

A ona mówi:

– Kotulku, kotulku, tak tylko ukucnę między samochodami, szybko, nikt nie dostrzeże. – Dlaczego ona mówi: „dostrzeże"? Nikt nie mówi: „dostrzeże". Ale ona mówi. – Między twoim, a moim ukucnę, żeby nie patrzył nikt, nie widział.

Kuca i patrzy na mnie, na niebiesko, niebieskimi oczami prosi. I ma biodra dziecka, co jest jednym wielkim pierdolonym oszustwem przy jej cyckach, i uderzam ją mocno prawą otwartą dłonią w twarz. Jej głowa ląduje na karoserii auta, a ona mówi: „jeszcze raz" i uśmiecha się szczęściem dziecka, światłem się uśmiecha do mnie, i to na mnie spływa. Lecz trudno to wszystko tak od razu powstrzymać, bo mam testosteron przeszybowany w chuj i ona się śmieje tak, że na śmiechu głośnym łapie powietrze, a jej głowa się odbija. A moje ręce się trzęsą. Kilkanaście metrów dalej rodzina jakaś, mąż ojciec rodziny patrzy na mnie, na dziwny teatr moich rąk, na to, co robię, albo ją widzi, albo nie. Moją Kasię. Recepcjonistkę hotelu warszawskiego czterogwiazdkowego, która mówi po włosku i po angielsku. I mówi:

– Napluj na mnie.

Z Grochowa jest. „Jestem Kasia z Grochowa".
A ja jej mówię:
– Ale jak, napluj na mnie?
Ten ojciec czy mąż rodziny patrzy a patrzy, jakby był typowym przedstawicielem klasy społecznej „Boże, po chuj ja to wszystko widziałem", teraz chce trochę zbawić świat, ale nie za bardzo, a tu parking przy centrum handlowym Promenada. Pluję jej w twarz. Ona uśmiecha się znowu na głośnym wdechu, aż trochę popiskuje, nikt nie powinien się tak uśmiechać. Jestem bezsilny. Czuję się bez siebie, trochę gardzę sobą, ale bardziej sam sobie zazdroszczę, ręce mi drżą, a w zasadzie dłonie, jakby były oddzielne, a ona się uśmiecha i mówi:
– Muszę jechać do domu.
– No.
Ona z tą śliną na twarzy, która trochę zakleja jej lewe oko i ze śladami moich uderzeń na policzkach, i częściowo zniszczoną fryzurą, wstaje. Jest słodyczą, aż mi się wszystko rozpierdala w środku i składa, i znów się niestety rozpierdala, i nie ma końca ta udręka. Nie ma końca ta udręka. Nie ma końca ta udręka. Mąż rodziny ojciec patrzy na nas i myśli to samo, co wszyscy myślą o wszystkim, czyli że nie wiadomo, co myśleć. Czy zbawić świat, bo kobieta była bita przez łysego typa? Ale ta pobita, opluta, ze śliną na oku jest szczęśliwa, podskakuje z radości i popiskuje. Ona, w garsonce opiętej na dupie. Nie wolno mieć tak pięknych dup. Takie dupy powinny być zakazane.

– Wiesz, nie wytrę twojej śliny, ona zaraz wsiąknie, a ja będę cię czuć całą noc – mówi. – Całą noc. Będę cię czuć. Całą noc. – I odjeżdża z tym oplutym ryjem. Moja Kasia.

*

Kasię z Grochowa poznałem, kiedy jechałem swoim świeżym bmw 750 na wypasie z salonu przy Ostrobramskiej w Warszawie z jakiegoś przeglądu. Takie bmw to gówno drogie, więc pasuje do mnie, gdyż jestem śmieciem. Byłem tego słonecznego dnia bardzo czarny i kleisty w środku. Z całym światem na bejsbole oraz uderzenia głową. Miałem już w sobie szpilki słów ludzi, których dopiero zrobię w chuja, rozbite butelki ich panicznych, histerycznych zachowań i ostre denka tych butelek pod białą koszulą Ermenegildo Zegny, trochę sportową, a trochę elegancką. Te rozbite butelki chciały zobaczyć, czy dosięgną duszy. Jakiej, kurwa, duszy? Było bmw 750 ze swoim tłustym pomrukiem. Asfaltową boczną uliczką jechała na rolkach blondyneczka z pupą, jakiej nie widziała Troja. Była to pupa z idealnie wypukłego stalowego cukru. Ale jak jechała ta pupa! Zawodowo. Jak zawodniczka zawodowa, od niechcenia, bez trudu machała nogami, leciuteńko i nie odrywały się od ciała, co było dziwne. Złapało mnie urzeczenie, miałem trochę podpompowanego tym wszystkim kutasa. Może miała odrobinę za grube nogi, takie dziecięce baleronki, a może właśnie miała je idealne? Była w szarych szortach i gdy spojrzałem na jej szorty i tę idealną półkulę pupy, zaraz chciałem ją walić od tyłu. Nawet nie widziałem jej twarzy. Jechała przede mną. Akurat tego dnia chciałem, żeby świat mi powiedział prawdę, że jestem wstrętny, że jestem obrzydliwym zerem. Że świat się mną brzydzi, z czym bym się chętnie akurat zgodził. Chciałem, żeby świat tą dziewczyną na mnie zwymiotował, żeby mnie osądził, tak jak na to zasługiwałem, nie potrzebowałem żadnych taryf ulgowych i romansów. Więc przyspieszyłem, otworzyłem okno i kiedy znalazłem się na wysokości dziewczyny, nachalnie wystawiając przez szybę rękę z bezwstydnym złotym zegarkiem Rolex Daytona Cosmograph za dwadzieścia pięć tysięcy dolarów co najmniej, który jakiś szwajcarski stwórca stworzył wyłącznie po to, aby ściągał na siebie uwagę, przecież nie do odmierzania czasu, zawołałem do niej:

– Ty, ruchasz się?

A powiedziałem to jak śmieć, którym jestem, pewnym siebie głosem, z kpiną, wyższością i z takim podskórnym: „Takie jak ty, taśmowo robią mi loda na tylnym siedzeniu w beżowej skórze". Używając ordynarnego chamstwa, chciałem, żeby smagnęła mnie banalnym: „Spierdalaj", żachnięciem się, wydęciem warg, ale najbardziej zależało mi na tym cieniu, na cieniu krzywdy niezasłużonej, którą podłością jej wyrządzam. Żebym przez ułamek sekundy mógł zobaczyć to w jej oczach. Coś jakby płacz osłaniany wyniosłością, ale jednak płacz, jednak jakąś chciałem zobaczyć jej ranę, nacięcie jakieś.

Bo zawsze w takich sytuacjach to widziałem i lubiłem to oglądać. Nie traktowałem tego jak skrzywdzenie jakiejś kobiety, nie o to chodzi. To był mój rodzaj dialogu ze światem, z losem, z brudem we mnie, kijem bolesne we mnie zamieszanie, w brzuchu dające na chwilę nie ustanie bólu, a przeniesienie uwagi. Przeniesienie uwagi. Przeniesienie uwagi. I wtedy ona spojrzała na mnie, a ona była zjawiskiem. Była radością i podskakiwaniem, i dziecięcym piszczeniem, o czym dorośli zapominają, bo są głupi. I uśmiechnęła się, i wyszczebiotała:

– Pewnie, że się rucham! Nawet w dupę.

O mało nie rozjebałem auta. Tak właśnie poznałem Kasię z Grochowa. Moją Kasię.

*

Jestem w zasadzie załatwiaczem. Nie do końca wiadomo, w jaki sposób, ale z pewnością wiadomo, że się uda. Jestem więc szanowanym człowiekiem. Z tego żyję. Jestem współwłaścicielem dużej firmy PR w Warszawie. Ja znam wszystkich, a wszyscy znają mnie, gdyż jestem chujem, o czym chyba wspominałem. To tytułem wyjaśnienia. Zadzwonił więc do mnie premier rządu, z którym znam się od dawna. Zawsze był zerem, a teraz był zerem naburmuszonym. Powiedziałem mu kiedyś, że powinien wolniej mówić, wtedy będzie odbierany jako osoba inteligentna i on, półkretyn, za wolno mówi do mnie przez telefon tak:

– Sławciu, czy ty byś wpadł do mnie dziś o godzinie piętnastej?

A ja mu odpowiadam:
- Tak.
A on mówi:
- Nie chcesz wiedzieć, o co chodzi?
A ja mu odpowiadam:
- Przecież mi powiesz, głąbie.

On się zaśmiał, on się zmitygował, on odparł wolniej niż zwykle:
- Rozmawiasz z premierem.
- A ty ze Sławciem. – Przerwałem połączenie.

Do Kancelarii Rady Ministrów przy Alejach Ujazdowskich wszedłem, jak zawsze, bocznym wejściem. Asystent premiera zaprowadził mnie szerokimi schodami na drugie piętro. Pan premier uścisnął mi mocno dłoń i pokazał asystentowi, żeby spierdalał. Sam nalał mi kawy.
- Czy masz jakieś kłopoty? – zaczął. – Bo wiesz, wpadły mi w ręce zdjęcia. Zresztą zobacz. – Podał mi dużą beżową kopertę.

Zdjęcia były robione dobrym teleobiektywem. Przedstawiały czarne terenowe porsche na skraju Lasu Kabackiego. W środku mężczyzna i kobieta. Uprawiali seks. Ona miała silikonowe usta i piersi. On prężył się, żeby swojego penisa wsadzać jej a to do buzi, a to, a siamto. Na jednym ze zdjęć para wyszła z samochodu po to, żeby on mógł wygodniej wziąć ją od tyłu. To byli nowocześnie estetyczni ludzie i mieli dobry seks. To byłem ja. Kobieta była właścicielką kilku stołecznych restauracji. Mareczek, gdyż pan premier był Mareczkiem, patrzył na mnie uważnie. Starałem się, żeby nie dostrzegł, że naprawdę nie myślę, bo ja naprawdę nigdy nie myślę. Albo się przynajmniej staram nie myśleć. Ze wszystkich staram się sił.

– Trzy miesiące temu rzuciła mnie narzeczona, ponieważ byłem niewierny. Jestem trzydziestopięcioletnim samotnym mężczyzną. Nie wybiera się mnie na stanowiska i nie żyję z państwowych pieniędzy. Na czym mają polegać moje kłopoty? Świat może mi skoczyć koło kutasa, gdyż na kutasa go nie chcę. Zapłacę mandat za pierdolenie w lesie? – spytałem, oddając mu kopertę.

– Nie, nie, możesz ją sobie zachować. – Był jednak zawiedziony.

– Nie trzeba, zrobiłem jej w swoim domu dużo lepszych zdjęć, nawet filmik, jak się kochamy. Pokazać ci?

Nie udało mu się. Jego sztuczka miała na celu ustalenie hierarchii. Ja dół, on góra. Ja miałem się tłumaczyć, on dobrotliwie rozumieć. On miał wszystko kontrolować, ja miałem być kontrolowany. Niewłaściwie zaczął. Odblokowałem telefon, znalazłem katalog i przesunąłem aparat w jego stronę po niskim stoliku.

– Czy ty masz jakieś kłopoty, bo wiesz, wpadły mi w telefon zdjęcia. Zresztą zobacz – powiedziałem.

Zaprawdę, zaprawdę, powiadam wam, bracia i siostry, głęboko prawdziwe jest stwierdzenie o tężejącej twarzy. Jeden z dobrze opłacanych paparazzo miał zrobić zdjęcia serialowego macho, który regularnie zdradzał swoją żonę w niedrogim hotelu Campanile w Warszawie koło placu

Zawiszy. Zrobił trochę inne zdjęcia, z którymi przyjechał do mnie. Po prostu najlepiej płaciłem, poza tym kilka razy uratowałem mu dupsko, kiedy pijany i naćpany powodował kolizje samochodowe. Do hotelu można było wejść z bocznej ulicy koło stacji benzynowej. Tego dnia pod wejście nie podjechał jednak serialowy pajac, podjechało bmw, z którego wyszedł premier Mareczek w bejsbolowej czapce i dżinsach. Premier Mareczek był umiarkowanym idiotą, który nie zasłaniał okien. A mój paparazzo był światowej sławy skurwielem, który lubił pokazywać się w telewizji i mówić wszystkim, że jest skurwielem. Takie miał pojeb dziwactwo i zajęczą wargę. Wszedł na dach sąsiedniego budynku i wypatrzył właściwy pokój. Nie wiedziałem, że Mareczek lubi się tak zabawić. Niesprawiedliwie oceniałem go na dewocyjne trzyminutówki. Tymczasem pierdolił jak płynne złoto. Kamasutrzył. Naprawdę widać było, że czerpie z tego przyjemność. Kto by pomyślał... Miał dobrą suczkę, brunetkę z dużym sterczącym cycem i wąską talią, nawet kazał jej nie zdejmować czerwonych szpilek, które na jednym ze zdjęć agresywnie strzelały obcasami w sufit. Ta suczka pracowała u niego w kancelarii, widziałem ją, kiedy wchodziłem, bez czerwonych szpilek tym razem, za to w bardzo gustownej, skromnej garsonce.

– Wiesz, że mogę zabrać ci ten telefon. – Premier Mareczek bywał głupawy.

– Jest twój, jeśli tylko chcesz. – Skłoniłem się dwornie. Może nie powinienem tak jawnie kpić?

– Szantażujesz mnie tymi zdjęciami? – brnął kretyńsko pan premier.

Prawdopodobnie z przerażenia był taki głupi. Wziąłem telefon ze stołu i nachyliłem się w jego stronę.

– Posłuchaj mnie, panie premierze. Tak już jest, że zdarza mi się dla ciebie pracować. Zjadam twoje gówna, które lekkomyślnie rozrzucasz. Płacisz mi, bo jestem krok przed tobą, albo nawet kilometr. Zdjęcia są bezpieczne i twoja głowa jest bezpieczna. Nigdy więcej nie wolno ci ruchać w warszawskich hotelach. Nie wolno ci podjeżdżać rządowymi samochodami na ruchanie. Masz przestrzegać zasad, które wbijałem ci do twojego pustego łba. Zacznij, kurwa, myśleć. Gdyby te zdjęcia wpadły w łapy dziennikarzy, niemili panowie z tabloidu wbiliby ci dupsko na pal, abyś zdychał długo, nieszczęśliwie i na widoku ludu pracującego. A teraz powiedz mi o twoim najnowszym gównie, które muszę zjeść, bo zapewne nie zaprosiłeś mnie na kawę.

Zaległa cisza. Premier Mareczek myślał. Nad ripostą. Wiedziałem, że nic nie wymyśli, potrzebował jeszcze kilkunastu sekund, żeby to sobie uświadomić. Sekundy minęły, on sobie uświadomił i zaczął rozmowę od nowa.

– Jest taki Paweł Sieczkowski w naszej partii, był moją prawą ręką, ale mam z nim problemy. Za ambitny, za samodzielny, chce mnie wykończyć. Znasz go, prawda? – spytał pro forma.

– Tak, przedstawiłeś mi go tutaj. Chwaliłeś go przy nim i jak już poszedł, też nad nim mlaskałeś.

Mówiłeś, że to twój naturalny następca. – Oblizałem łyżeczkę po kawie, ponieważ wiedziałem, że to go irytuje.

– Specjalnie oblizałeś łyżeczkę. – Zdenerwował się.

– I co mi, chuju, zrobisz? – Drażniłem się z nim.

– Nieważne. Chodzi o to, że Paweł buntuje ludzi przeciwko mnie, że jestem wypalony, że żaden ze mnie lider, że straciłem polityczny węch. Polityczny węch, tak pierdoli, rozumiesz? – Był poirytowany.

– Kłamie. Niczego nie straciłeś, nigdy nie miałeś politycznego węchu, jesteś karierowiczem i to wszystko – odparłem.

– Przestań, po prostu mi pomóż. – Zmienił ton, przestałem się znęcać.

– Dobrze, czego chcesz?

– On się ze mnie śmieje. Publicznie się ze mnie śmieje. Zorganizował całą grupę wpływowych posłów mojej partii przeciwko mnie. Chcę go zniszczyć. Chcę, żeby cierpiał i żeby zniknął z polityki na zawsze, rozumiesz? – Agresja premiera wskazywała, że traktował to osobiście.

– Dobrze. Na miękko? Na twardo? Ruszamy rodzinę? Jak bardzo ma cierpieć? – Zacząłem notować w iPhonie.

– Niech zstąpi chuj na jego rodzinę, rozumiesz?

– Rozumiem. Na twardo. Ma wiedzieć, że to ty go zniszczyłeś? – Spojrzałem mu w oczy. Oczy tchórza. Wydał polecenie zgnojenia swojego do niedawna jakby przyjaciela, może jego rodziny, a równie dobrze tym samym tonem mógłby błagać o litość. Taki zwyczajny człowiek.

– Nie wiem, a co byś mi radził?

– Doradzałbym, żeby nie wiedział.

– Dobrze, nie zależy mi na tym – odparł.

– Dokładnie za tydzień przyjadę do ciebie i powiem, jak to zrobimy. Dziękuję za zaproszenie, panie premierze. – Skłoniłem się delikatnie i zacząłem wstawać.

– Wiesz, Sławciu, zawsze chciałem cię o coś spytać. – Przypomniał sobie jeszcze, a ja słuchałem już na stojąco.

– Pytaj.

– Jesteś najbardziej inteligentnym, nie, raczej najbardziej sprytnym człowiekiem jakiego znam, ale jednocześnie nigdy nie poznałem kogoś tak całkowicie pozbawionego uczuć. Chcę, żebyś to dobrze zrozumiał, nie potępiam cię ani nawet nie oceniam. Oceniam twoje zatrważająco wysokie kompetencje. Przy tobie czuję się jednocześnie bezpieczny i spanikowany. Dlaczego nie masz uczuć? – Chyba rzeczywiście był ciekaw.

– Nie wiem. Patrzę na ciebie i cieszę się, że nie mam uczuć. Ale może kiedyś chciałbym spróbować.

*

Dogoniłem dziewczynę, wyprzedziłem i wysiadłem z bmw. Nie miałem żadnej listy dialogowej, żadnego pomysłu w głowie nie miałem, co rzeknę jej. Nadjeżdżała na tych swoich rolkach

i jednak była piękna jakąś naturalnością, niezrobionym makijażem, a ja zacząłem słuchać tego, co mówię i mną nie mówiłem ja. Jakiś gamoń mi usta wykrzywiał.
– Proszę pani, proszę się zatrzymać. Chciałem panią przeprosić, przykro mi – zacząłem.
W zasadzie było mi przykro. Zatrzymała się i spojrzała na mnie z uśmiechem i chyba kpiną, może kpiną, nie wiem.
– Czemu ci przykro, lamusie?
Szczerzyła równe białe zęby, jakby dostała prezent albo jakby jednak kpiła ze mnie, jakby planowała opowiedzieć to wszystko koleżankom.

Nikt nie robi sobie ze mnie żartów. Nie robi się żartów z faceta, który waży 115 kilogramów, ma biceps 48 centymetrów, jeździ autem za pół miliona i ubiera się za kilka średnich krajowych. Taki facet do żartów z siebie nie nawykł. Nikt nie mówi do takiego faceta: „lamusie". Lecz jednak ktoś do niego tak powiedział. Lecz jednak zgubiłem wątek. Nigdy nie gubiłem wątku. Lecz jednak byłem onieśmielony. Nigdy nie byłem onieśmielony. To dla mnie uczucie archeologiczne. Przecież ja się nie tłumaczę. Teraz miałem się jej wytłumaczyć, dlaczego mi przykro. Na rolkach jakiejś szmacie. I zrobiło się w przestrzeni w tym momencie jakby wgłębienie chyba, albo coś. I inaczej posmakowało powietrze. Coś głupiego wpadło mi do głowy z jakiegoś nie wiadomo powodu, że to nie jest zwykła szmata, że być może to nie jest w ogóle szmata. Ale jej słowa przecież?

– Mam bardzo zły dzień. I padło na panią, to moje chamstwo, którego nie można wytłumaczyć i trudno wybaczyć.

Tłumaczę się z własnego ciężko wypracowanego, w dobrych szkołach wyedukowanego chamstwa, proszę o przebaczenie? Ja? Co się w tym miejscu wydarzyło tego majowego dnia? Kto wszedł we mnie i sprawił, że ten ktoś dziwny ze mnie wyszedł? Ja go nie znam! Ona w czasie owego mego jakby wewnętrznego zadziwienia, a więc słabości, z bezczelnością ciekawego bachora podjechała do mnie na rolkach na pół oddechu albo na mniej. Nachyliła się i spojrzała mi w oczy badawczo, jakby znała się na źrenicach i właśnie je sprawdzała. Taka niby okulistka. Nikt tak nie robił. Tak się nie robi. Tak się nie można nachylać nad nieznajomym mną. Ona wtedy mówi do mnie tak:

– Masz krowie oczy, lamusie. Udajesz tylko złamasa. Może nawet jesteś dobry. Postawisz mi Big Maca? Głodna jestem...

Za dużo było w tym komunikacie. Nie nadążałem. Jakie oczy? Krowie oczy? Ja mam krowie oczy? Złamasa? Ja, dobry? Big Maca chce?

*

Po tygodniu siedziałem u pana premiera, dokładnie na miejscu sprzed siedmiu dni. Przyszedłem z dużą kopertą pełną zdjęć. Wyjąłem pierwsze.

– To, jak wiesz, jest żona twojego przyjaciela, czyli wroga, Małgorzata Sieczkowska. Pracuje w prywatnej szkole, jest dyrektorką i nauczycielką włoskiego.

Mareczek słuchał uważnie, patrząc na subtelną twarz trzydziestoletniej króciutko ostrzyżonej blondynki. Znał ją, lubił. Miała zmysłowe usta, duże ciemne oczy, a w nich chochliki. Niezwykle atrakcyjna. Wyraźnie młodsza od męża. Na drugim zdjęciu widać było całą jej postać. Towar z najwyższej półki.

– Mąż Pawełek jest o nią chorobliwie zazdrosny, a ona uwielbia flirtować i doprowadzać go tym do szału. Zresztą o tym wiesz. Nie pierdoli się z kim popadnie, chyba nawet nie pierdoli się z nikim oprócz męża, tego nie wiem, mieliśmy za mało czasu, żeby sprawdzić. Lubi uwodzić i zostawić rozgrzanego faceta w tym właśnie rozgrzanym miejscu. A to jest Karol. – Wyjąłem drugie zdjęcie. – Karol miał ojca Włocha. We Włoszech spędził kilkanaście lat, w tym parę miesięcy w więzieniu za oszustwa matrymonialne. Był mistrzem w jakimś fitnesowo-pięknościowym konkursie. – Pokazałem premierowi zdjęcie ciemnookiego przystojniaka składającego się w dużej części z białych zębów. – Jest też nauczycielem wychowania fizycznego. Pracuje dla mnie. Od dwóch dni pracuje także w szkole pani Małgorzaty Sieczkowskiej. Ona przyjmowała go do pracy. Miała wakat. W czasie rozmowy kwalifikacyjnej dużo rozmawiali o tym, jak piękne są Włochy, szczególnie północne. Rozmawiali po włosku, chwaliła jego akcent, a on jej słownictwo. Karol twierdzi, że na niego leci. Zaprosił ją jutro na wystawę włoskich grafik do zaprzyjaźnionej restauracji na Foksal. Przyjęła zaproszenie. Obejrzą grafiki i usiądą w ogródku, tylko tam będzie dla nich stolik. Kelner poda jej drinka. W drinku będzie tabletka gwałtu. To chciwy kelner. Kiedy tabletka zacznie działać, Karol przeprosi towarzyszkę na chwilę i odejdzie od stolika. Miejsce jest monitorowane i wszystko potem będzie można odtworzyć, a Karol musi być czysty. Do stolika podejdzie dwóch moich ludzi i dyskretnie wyprowadzi ją z restauracji. Będzie sprawiała wrażenie lekko pijanej. Nie będzie miała pojęcia, co się dzieje. Wsiądą do samochodu z kradzionymi numerami rejestracyjnymi i pojadą do domu pod Warszawą. W piwnicy tego domu jest specjalne dźwiękoszczelne pomieszczenie. Rozbiorą ją, zgwałcą, spuszczą się jej na twarz, trochę na nią posikają i porobią zdjęcia. Upiją ją, podadzą narkotyki, wsadzą w samochód i następnego dnia rano pojadą z nią nad Wisłę. Twój Pawełek będzie szalał całą noc. Będzie dzwonił do przyjaciół i do nieprzyjaciół, do rodziny i do wrogów. Zaalarmuje policję, która go najpierw zlekceważy, a potem niby zacznie mu pomagać, kiedy powoła się na polityczne wpływy. Policja da cynk dziennikarzom. Z zasady nie szuka się żon i mężów przez pierwszą dobę. Pawełek sprawdzi szpitale i drogówkę, ale nic nie znajdzie. O godzinie szóstej dziesięć rano następnego dnia opłacony przeze mnie przypadkowy przechodzień z psem zauważy na plaży nad Wisłą leżącą, częściowo rozebraną kobietę. Wokół będą ślady biesiadowania, ognisko, butelki po piwie i wódce, kiełbaski z grilla. Pani Małgosia będzie bardzo pijana, bardzo ućpana, trochę pobita i trochę zakrwawiona. Nie wiadomo skąd na miejscu pojawi się paparazzo, swoją drogą ten sam, który zrobił ci zdjęcia, panie premierze. Kobieta spędzi dzień lub dwa w szpitalu. Pewna pielęgniarka zobaczy wyniki jej badań na obecność kokainy we krwi, normalnie się ich nie robi, ale tym razem zostaną przeprowadzone. W szpitalu żonę odwiedzi mąż. Będzie w szoku. Pewnie dojdzie do małej awantury. Następnego dnia zaprzyjaźniony tabloid opublikuje materiał: „Żona polityka znaleziona na plaży. Niezła była impreza". W gazecie zostaną zamieszczone zdjęcia jej, twojego Pawełka i plaży, na której ją znaleziono. Parę butelek, grill, trochę śmieci, majtki i porwany stanik. Nie jej, ale co to za różnica. Niestety, te hieny opublikują też wyniki badań krwi, a we krwi będzie kokaina. Po tej publikacji Pawełek stanie się obiektem kpin. Jego piękna żona, z której był taki dumny, to zwyczajna dziwka i ćpunka. Po kilku dniach będzie chciała wrócić do pracy. Przed szkołą rozrzucimy kilkaset jej nagich zdjęć w czasie stosunków. Kilka ze spermą na twarzy i z uśmieszkami zadowolenia. Ludzie robią takie głupie miny po narkotykach. Zobaczą je uczniowie, rodzice i nauczyciele. Zdjęcia będą też leżeć przed jej gabinetem. Wyślemy maile z fotografiami do władz samorządowych, do ministerstwa edukacji, do rady rodziców, umieścimy na jej Facebooku, złamaliśmy hasło. Oczywiście prześlemy też do niej na wszystkie trzy skrzynki, których używa, do jej męża i do ludzi z partii. Tekst będzie krótki: „Ta pani prowadzi podwójne życie, od dawna robi to za pieniądze". Podamy jej numer telefonu. Prawdziwy. Małgorzata Sieczkowska nie będzie tego dnia uczyć. Nigdy już nie będzie uczyć. Czeka ją wielomiesięczne leczenie psychiatryczne, może nieudana próba samobójcza. Jest za słaba, żeby się naprawdę zabić. Twój Pawełek nie przestanie jej kochać, zrezygnuje dla niej z polityki, sprzedadzą dom i wyjadą z Warszawy. Załatwione. – Dotarłem do końca.

Mózg w głowie Mareczka działał wolno, ale wytrwale.

– Jak w ciągu kilku dni udało ci się zdobyć te wszystkie informacje i tak szczegółowo wszystko zaplanować? – Zdziwił się.

– Gówno cię to obchodzi. – Wkładałem zdjęcia do koperty. – Im mniej wiesz, tym krócej masz akumulator na jajach, jak ty to mówisz.

– A jak się zabije? – Był niepewny.

– Kto? – odpowiedziałem pytaniem.

– No ona, przecież nie jest niczemu winna.

– Jak się zabije, to nie będzie żyła – odparłem.

– No tak. Logiczne. Nie będzie żyła. To się uda? Ile to będzie kosztowało?

– Pierwszego pytania nie słyszałem, odpowiedź na drugie brzmi: wskazane przeze mnie firmy, w których mam udziały, zrobią audyt i wytyczą strategie dla trzech wskazanych przez ciebie spółek skarbu państwa na kwotę miliona dwustu tysięcy. Te spółki i tak potrzebują audytu. Wszystko legalnie – wyjaśniłem.

– To już jutro? To zacznie się jutro, tak szybko? – zastanawiał się.
– Nie wiem, czy szybko. Jutro. Chcesz na coś czekać? – spytałem.
– Nie. Nie. Nie czekamy. Zgoda. – Podał mi rękę. – Skąd będę wiedział, że wszystko się udało?
– Czytaj prasę, premierze, prasa to potęga strzegąca demokracji w wolnych krajach – rzuciłem, odchodząc.

*

Jadła Big Maca tak łapczywie, że przypomniała mi się postać dziewczyny z jednej z moich ulubionych książek Maria Puzo, pięknej, szczuplutkiej, a wrzucającej w siebie wagony jedzenia niewinnej dziwki.
– Nie widać po tobie takiego apetytu. Jak masz na imię? – Przyłapałem się na tym, że przyglądam jej się chyba z tkliwością.
– Kasia. Jak ktoś czasem nie ma co jeść, to się trzęsie do jedzenia – odpowiedziała, a ja dopiero po chwili zrozumiałem, że to nie żart. To mnie jakoś sparaliżowało. Jak mogła mówić o tym tak otwarcie? Cudowna dziewczyna, wyglądająca jak zjawisko, mówi mi właśnie, że czasem głoduje.
– A ty, lamusie? – Pełne jedzenia usta uśmiechały się, ale to nie było brzydkie. Rozczulające. Działo się coś złego. Zaskakiwałem siebie. Tkliwość, rozczulenie.
– Sławek, mam na imię Sławek. Przepraszam, czy ty naprawdę... to, co powiedziałaś, gdy jechałaś

na rolkach... – W zasadzie chciałem ją spytać, czy opierdoli mi gałę, czyli czy zrobi mi laskę i za ile, ale coś mi w tym wszystkim zgrzytało. Generalnie ona mi do tego nie pasowała, ale nie wiedziałem dlaczego.

– Chcesz wiedzieć, czy bzykam się za pieniądze? Nie. Idę do łóżka tylko z kimś, w kim mogłabym się zakochać. W tobie mogłabym się zakochać.

Dziewczyna z innej planety, jakaś jednak piękność z blokowiska na Grochowie mówi mi, że mogłaby się we mnie zakochać!

– Widzisz mnie pierwszy raz i mówisz, że mogłabyś się we mnie zakochać, bo co, bo jestem bogaty? A zakochanie ułatwia ci spanie z klientami? W każdym się zakochujesz? Przecież chyba nie robisz tego za jedzenie? – Nie wiedziałem, czy była kurwą, właśnie to testowałem.

Przestała jeść. Przestała się uśmiechać. Zamarła. Powoli spojrzała na mnie.

– Nie mów tak, Sławciu. Nigdy tak nie mów, Sławciu. Nie zależy mi na twoich pieniądzach. Nigdy nie zrobiłabym tego dla pieniędzy. Nigdy. Nigdy. – Jej dolna szczęka zaczęła drżeć, trzęsła się jak u małego dziecka, które za chwilę wybuchnie płaczem, do oczu napłynęły łzy.

A więc jednak skrzywdziłem ją, tak jak wcześniej chciałem. Ale teraz już nie chciałem. Kurwom się tak nie dzieje. Kurwy są twarde, jak kurwy. Powiedziała do mnie: „Sławciu", a ja poczułem nagle, jakbym znał ją milion lat i od miliona lat robię jej przykrości, a potem doprowadzam ją do wybuchów śmiechu. Takie ciągłe huśtawki. Taki rollercoaster. Naprawdę ją zraniłem, tę samą kobietę, która dopiero co mówiła, śmiejąc się, o ruchaniu w dupę. Naprawdę żałowałem, że zraniłem jakąś dziewczynę z jakichś blokowisk grochowskich, którą poznałem parę minut temu. Kobietę, która wkrótce okaże się moim prywatnym kurwoaniołem. Kobietę, która wiele mnie nauczy. Kobietę, która będzie umierała na moich rękach. A ja będę krzyczał, żeby nie. Żeby nie. Żeby, kurwa, nie ważyła się umierać. I nagi, ze sterczącym chujem, będę biegał po hotelu i krzyczał. Ale to jeszcze nie teraz, jeszcze nie teraz.

*

Wszystko poszło zgodnie z planem. Prawie wszystko. Małgorzata Sieczkowska przyszła do restauracji na Foksal razem z Karolem. Obejrzeli grafiki. Była zachwycona. Była w swoim żywiole. Kokietka zwracająca swoją nieprzeciętną urodą uwagę wszystkich. Zamówiła lekkie musujące wino. W winie musował jej koniec, ale któż z nas widzi swój koniec? Po upływie kwadransa sprawiała wrażenie lekko pijanej. Karol wszedł do środka, a dwóch nieznanych jej mężczyzn przysiadło się do stolika. Po kilku minutach jeden z nich wziął ją pod rękę. Wyszli. Nie stawiała oporu. Grupka osób przy sąsiednim stoliku nieznacznie się uśmiechnęła, chyba z odrobiną satysfakcji, że oto ta elegancko wyglądająca kobieta, piękna, zapewne bizneswoman, tak szybko się uchlała. Została przewieziona do odludnego domu koło Lasu Kabackiego. Dwaj mężczyźni, którzy byli z nią w restauracji, zerwali z niej ubranie, zgwałcili kilkukrotnie, spuścili się jej na twarz i zrobili serię udanych zdjęć. Podali jej kolejne narkotyki, w tym kokainę. Do gardła wlali jej prawie pół butelki wódki. O mało się nie utopiła. Trochę wymiotowała. Rano, nieprzytomną, wyrzucili na plażę nad Wisłą. Mój przypadkowy przechodzień z psem próbował ją obudzić, ale nie reagowała na słowa i potrząsanie, zatelefonował po pogotowie. Pielęgniarz zadzwonił po policję, kiedy zobaczył jej pobitą twarz. Przed policją zjawił się fotoreporter z tabloidu. Zrobił zdjęcia żonie bardzo znanego polityka. Trafiła do szpitala. Jej mąż był tam pół godziny później. Nie wpuszczono go do niej. Przez cały dzień siedział bez ruchu na korytarzu. Lekarz poinformował go, że żona była pod wpływem alkoholu i narkotyków. Że prawdopodobnie została wielokrotnie zgwałcona, że znaleziono spermę w jej pochwie, we włosach i na bieliźnie, że przez kilka najbliższych dni jej pamięć może płatać figle. Paweł Sieczkowski o nic nie spytał. Posiedział jeszcze na korytarzu godzinę. Wyglądał, jakby umarł kilka dni wcześniej. Pojechał do domu, upił się i zdemolował salon. Rozbił swój prawie dwumetrowy telewizor. Rano był u żony. Powiedziała, że piła wino w restauracji ze swoim podwładnym, a potem straciła przytomność. Wyzwał żonę od głupich kurew, przeprosił ją i zaczął pocieszać, potem szlochał, wijąc się na podłodze szpitala. Lekarz kazał mu iść do domu. Karol sam zgłosił się na policję. Zeznał, że był w restauracji ze swoją szefową, i że kiedy na chwilę odszedł od stolika, ona zniknęła. Telefonował do niej, ale nie odbierała. Nie ma pojęcia, co się wydarzyło. Dopiero teraz przeczytał w gazecie, ale on nic nie wie. Na zapisie monitoringu z restauracji było widać, jak Karol odchodzi od stolika, było widać jak potem Małgorzata Sieczkowska opuszcza dobrowolnie ogródek z dwoma mężczyznami. Ten film policja pokazała Pawłowi Sieczkowskiemu z pytaniem, czy zna tych dwóch mężczyzn, czy podejrzewa, kim są znajomi jego żony. Nie znał, nie podejrzewał, twarze nie były wyraźne. Widział, że pijaniutka żona ochoczo wychodzi z przystojnymi facetami. Tego dnia też się upił. Potłukł olbrzymie lustro w łazience. Pokaleczył twarz i ręce. Po kilku dniach Małgorzata Sieczkowska wróciła do domu. Pojechała do szkoły. Obserwowaliśmy ją. Przed szkołą rozrzuciliśmy kilkaset zdjęć, z których nie miała powodu być dumna. Sperma na powiekach i piersiach, to była najsubtelniejsza fotografia. Zdjęcia trafiły do Internetu przesłane ze smartfona zarejestrowanego na jakiegoś pozbawionego mózgu żula. Stały się hitem sieci. Kiedy pani dyrektor wchodziła do szkoły, zdjęcia leżały pod jej nogami. Uczniowie chichotali, patrząc na nią. Podniosła je, weszła do szkoły i zamknęła się w swoim gabinecie. Wyszła po kwadransie. Wsiadła do za szybkiego samochodu, który dostała od kochającego męża, ford mondeo 240 koni mechanicznych. Czerwona pomrukująca bestia. Jadąc Wybrzeżem Kościuszkowskim, uderzyła w betonowy filar kolejowego mostu średnicowego. Nie zapięła pasów. Siła uderzenia wyrzuciła ją z auta przez przednią szybę. Karol jechał za nią. Był przed policją i pogotowiem. Zrobił zdjęcia telefonem, które właśnie mi pokazywał.

– Ona specjalnie jebnęła w ten most, specjalnie, szefie. Byłem tuż za nią i widziałem, jak skręciła w lewo delikatnie na trawnik, żeby jebnąć w ten most, specjalnie – przekonywał mnie z rodzajem sensacyjnego entuzjazmu w głosie.

W tym głosie nie było nic poza chęcią podzielenia się niezwykłą informacją. Nawet szczypty żalu, współczucia, refleksji, że znał ją, że zaledwie tydzień wcześniej siedział z nią w restauracji, że ta piękna kobieta zginęła przez niego. Między innymi przez niego. Albo choćby, że po prostu zginęła i to jednak jakiś rodzaj nieszczęścia, czy coś. Takich rzeczy nie było w Karolu. Karol był tu i teraz. Karol był praktyczny. Na Karola zawsze mogłem liczyć.

– O, szef zobaczy. Nogę jej urwało normalnie przed kolanem, to jest siła, co? Takie jebnięcie, że normalnie urywa nogi. – Wymachiwał mi telefonem przed oczami.

Na trawniku leżała na plecach Małgorzata Sieczkowska. Jej jasne krótkie włosy skrzepły w kałuży krwi wypływającej nie wiadomo skąd. Dlaczego upadając na trawę, miała całą głowę we krwi? Lekko podwinięta sukienka w kwiatki. Maleńki trójkąt białych majtek. Zamiast prawej nogi z opalonego uda wystawały kości i strzępy mięśni. Dziwne, ale na nodze nie było krwi. Może kilka kropel. Spojrzałem na jej twarz. Niepotrzebnie. Spojrzałem i wiedziałem, niepotrzebnie spojrzałem. Patrzyły na mnie otwarte oczy. Miała całkowicie rozmazany łzami makijaż. Twarz ciemną od tuszu do rzęs chyba. Musiała przed śmiercią ryczeć jak zarzynane zwierzę. Musiała wycierać łzy dłonią. Nie wiem, czy przez łzy w ogóle coś widziała. Lekko, jakby marzycielsko rozchylone usta ciągle cudownie czerwone.

Pomyślałem o moim przekleństwie. O tym, że czyjś dotyk albo czasem czyjś widok potrafi dać mi za wiele informacji, że potrafi zmusić mnie do wyświetlenia tych informacji w głowie, przed oczyma. Że one się mi wyświetlają bez mojego udziału, nie mogę ich zatrzymać. Nie wiem kto i dlaczego mi to robił. Ktoś mi to jednak robił. Nie chciałem tego, to jedyna rzecz jakiej się bałem. Już wiedziałem, że dziś wieczór, kiedy wezmę trzydziestoletnią whisky Glenfiddich po pięć tysięcy złotych za butelkę, wyświetli mi się jej pamięć. Będę w jej głowie. To będzie moja pamięć. To ja poczuję niezasłużoną rozpacz, rozpacz nie do zniesienia, nie do zrozumienia, jej śmiertelną rozpacz, to ja będę wiedział, że moje życie, jej życie się skończyło, to ja oglądając swoje zdjęcia, jej zdjęcia, kiedy ktoś mnie gwałci, ją gwałci, zapytam: „Dlaczego? Kto mi to zrobił i dlaczego? Przecież ja nic nie zrobiłam!". To ja wsiądę ze łzami w oczach do forda, to ja będę płakać, będę ryczeć i drzeć się: „Dlaczego, dlaczego ja?!". To ja skręcę delikatnie w lewo na trawnik, to ja uderzę w betonowy filar, bo niech się to, kurwa, wreszcie skończy raz na zawsze. Tylko, żebym umarł, umarła szybko. Umieranie zawsze mnie boli. Zawsze boli umieranie.

– Szefie, nieźle ją wyjebało, co? Z pięć metrów przeleciała, fiuuu. To jest siła, wręcz olbrzymia. – Karol tak ładnie się zachwycał.

– Rzeczywiście, wprost niebywałe, Karolu. Tu są pieniądze dla ciebie. Bardzo chciałem ci podziękować. Świetnie się spisałeś.

Wziął kopertę, przeliczył na miejscu. Jebany prostak. Było więcej, niż mu obiecałem.

– Dziękuję szefuniu. Bardzo mi pomogą te pieniądze. Szef mi zawsze pomaga, szef to dobry człowiek. Chciałbym być taki jak szef, ale główka nie ta. Jakby tylko było coś, to, szefie, ja zawsze. – Ten głupek położył rękę na sercu, naprawdę to zrobił.

– Wiem, zawsze mogę na ciebie liczyć, to dla mnie niezwykle ważne, Karolu. – Wstałem, podałem mu dłoń, a drugą położyłem na jego ramieniu.

Naprawdę to zrobiłem. Wróciłem do domu. Wyjąłem z barku whisky Glenfiddich, nalałem, powąchałem te cudowne stare, twarde beczki, i stało się. Wiedziałem, że się stanie. Wiedziałem, że nie ma od tego ucieczki. Whisky może tylko odrobinę znieczulić. Otworzyło się piekło. Nie wiedziałem tylko, w którym momencie i gdzie się zacznie. I oto pod moimi stopami przed szkołą leżały zdjęcia pornograficzne. Na jednym z nich byłam ja. Ktoś mnie gwałcił, ktoś wkładał mi penisa do ust. To nieprawda, te zdjęcia to nieprawda. To się nie stało. Pamiętałabym. Nikt mi tego nie zrobił. Dlaczego uczniowie się śmieją? Podniosłam fotografie i pobiegłam do gabinetu... Darłam się: „Dlaczego, dlaczego ja?!" i wycierałam łzy, żeby coś widzieć. Kiedy zobaczyłam betonowy filar mostu, pomyślałam tylko jedno: „Niech to się, kurwa, skończy. Niech się to, kurwa, wreszcie wszystko skończy". Bolało. Umieranie jest złe. Dobra jest śmierć.

*

– Czy mogę cię powąchać? – zapytała Kasia.
– Słucham? Chcesz mnie wąchać? – Znowu niczego nie rozumiałem.

Siedzieliśmy w Izumi Sushi przy ulicy Biały Kamień w Warszawie. Kasia przyjechała na miejsce kilka minut przede mną swoim zielonym małym citroënem. Jej samochód pamiętał średniowiecze, a jego blacha bitwę pod Stalingradem. Później dowiem się, że Kasia rozmawia ze swoim samochodem, że chwali go, głaszcze albo o coś prosi. Ale to będzie później. Przed chwilą, jeżeli przed chwilą, teraz albo później istnieje, mówiłem jej przez telefon, bo spóźniałem się kilka minut, żeby weszła do środka, że wskażą jej zarezerwowany stolik na moje nazwisko, żeby coś zamówiła i zaczekała. Nie weszła. Siedziała w swoim samochodzie i była pokrzywdzoną dziewczynką.

– Czemu nie weszłaś, co się stało? – spytałem.
– To jest restauracja dla bogaczy, tam są sami bogacze, wszyscy się na mnie patrzą, bo jestem

biedna. Ja tam nie pasuję, Sławciu, nie wejdę tam, bo będą się ze mnie śmiać, Sławciu.

Miała długie blond włosy, białą opiętą na piersiach koszulę Hilfigera, jasną obcisłą spódnicę i buciki na wysokich obcasach. Każdy mógłby mi pozazdrościć takiej towarzyszki.

– Oszalałaś? Masz markową bluzkę...

– To z ciuchów, Sławciu, to z ciuchów, na wagę sobie wybrałam, ładna? – przerwała mi.

– Wyglądasz jak bogaczka.

– Serio, Sławciu? – Już ściskała z radości piąstki.

– Nie wstydzisz się mnie? Bo jestem taką wieśniarą przy tobie.

Czekała na mój wyrok. Niedawno uczyła mnie grochowskiego zwrotu: „ciągnie od ciebie wioską" i właśnie go użyłem:

– Ciągnie od ciebie wioską, ale może nas obsłużą. – Śmiałem się jej w twarz. W moim śmiechu była akceptacja.

– Głupi! – To był pierwszy raz, kiedy to usłyszałem, kiedy usłyszałem jej miłość.

Miłość w lekko przeciągłym słowie „głuupi". A mówiłem jej sto razy: nie zakochujemy się. Zasada numer jeden brzmi: nie zakochujemy się. Ja nie chcę przemeblowywać swojego życia, ty, Kasiu, masz męża i synka. Ja mam swoje życie i swoje narzeczone, korpokurwy. Nie zakochujemy się. Kasia zgodziła się na tę zasadę, powiedziała, że nie ma problemu, że jak nie chcę, to nie. Że jej wiszę. Potem powie mi wprost: „Sławciu, pierdolę zasadę numer jeden", uśmiechnie się, i chuj. Ale to będzie potem. Teraz rozmawialiśmy o wąchaniu.

Przypomniało mi się teraz, jak się skończy nasza wizyta w Izumi Sushi, bo Kasia po raz pierwszy w życiu była w takiej restauracji, a tam w środku są drzewa i wielki szacunek do klienta, i chyba pierwszy raz jadła prawdziwe sushi, i szybko nauczyła się jeść pałeczkami, chociaż to było śmieszne, i wypiła mały łyk specjalnie podgrzanej sake, i zobaczyła rachunek – „bo ja byłam kelnerką, i wiem, jak się klientów kręci, i zobaczę, czy czegoś nie dopisali". Nie dopisali, lecz rachunek wynosił tyle, ile zarabiała przez pół miesiąca albo miesiąc, będąc tą recepcjonistką, bo ja sporo i drogo piłem, i zamarła, i śmiertelnie przeraziła się, i powiedziała: „Ja przepraszam, Sławciu, ja ci oddam połowę, ja nie wiedziałam, że to tyle, i po co tu przyszliśmy, i skąd weźmiemy teraz tyle pieniędzy?". I miała znowu łzy w oczach ze zdenerwowania, i trzęsła się. A ja na przesterowanej świadomie brawurze rzekłem z beztroską, że ta knajpa jest w chuj tania, i że wstyd z powodu niskich cen tu przychodzić. Co nie było prawdą, bo ani nie była tania, ani nie była droga, ale specjalnie tak powiedziałem, żeby ją uspokoić, a w jej oczach wypaść na ho, ho, ho co najmniej. Jeszcze mnie to bawiło czasem. A ona nie wiedziała, co ma myśleć, kiedy wyjąłem z dżinsów Trussardiego rulon kilku tysięcy złotych, który zawsze na pizdach robi wrażenie, taka pręga, zawsze im łatwiej potem po widoku pręgi nogi rozłożyć, więc ją noszę, chociaż to bez sensu. Dałem kelnerowi duży napiwek i podziękowałem, a Kasia milczała. A potem tylko powiedziała: "Tyle pieniędzy, Sławciu, można by kilka tygodni przeżyć z rodziną". Ale to na koniec, a na teraz ja ją, Kasię, pytałem:

– Czy mogłabyś, Kasiu, powiedzieć mi, o co chodzi z tym wąchaniem? Jak chciałabyś mnie wąchać? Chodzi ci o to, jakich używam perfum? – Nie rozumiałem.

– Jak ty nic nie rozumiesz, Sławciu. Masz na sobie Indonesian Oud, to ciężkie piękne perfumy, pasują do ciebie – powiedziała.

– Znasz się na perfumach? Przecież mówisz, że nie stać cię na drogie perfumy. – Zdziwiłem się.

– No nie stać, ale wchodzę do perfumerii i uśmiecham się, i pozwalają mi wąchać wszystkie, a dziewczyny często mi dają próbki, a ja mam węch lepszy od psa i znam wszystkie zapachy, Sławciu, i wszystkie zapamiętuję. Ale chciałabym tak głęboko poznać twój zapach. Bo ty masz piękny zapach, taki leciutko kwaśny. A w zapachu człowieka jest wszystko. Wszystko jest w zapachu. Jest to, co przeżył, kim jest, jakim jest człowiekiem, to wszystko jest w zapachu, Sławciu. I co się wydarzy, też jest w zapachu. Tylko trzeba umieć wąchać. A ty się nie będziesz śmiał, jak ci coś powiem, jak cię o coś poproszę? – Obserwował mnie błękit oczu dziecka.

– Nie będę – obiecałem.

– Bo tak najbardziej to marzę, żeby cię powąchać całego nagiego, ale tak całego, i żebyś, no dobra, powiem, żebyś się dwa dni nie mył przed wąchaniem, bo ja, Sławciu... Ja od twojego zapachu stanę się tobą, mogę dostać orgazmu, tylko od wąchania. Wiem to, bo trochę cię czuję i mnie to bardzo już podnieca, ale za mało.

Przez chwilę myślałem, że kpi. Nie kpiła. Nie przypuszczałem, że istnieją takie światy. Nie znałem światów Kasi. Zapachów psich. Woni opowiadających historię człowieka, woni będących oknem, przez które można zobaczyć duszę. Moje kobiety pachniały perfumami, kremami. Sterylnie czyste. O czym ona mówi?

– Ustalmy coś, Kasiu, zanim wyrzucę mydło. Chcesz, żebym nie mył się przez dwa dni. Tak?

– Tak – odpowiedziała.

– Mam nie myć też... tam też mam się nie myć, tak?

– Tak. Tam też żebyś się nie mył. Bym prosiła. – Spuściła oczy.

– I ty będziesz wąchać moją niemytą przez dwa dni tą i, przepraszam, śmierdzącego tego... i dostaniesz od tego wąchania orgazmu? Kasiu, czy ty wiesz, że to jest po prostu obrzydliwe, czy ty jesteś pierdolnięta w łeb?

– Jak ty niczego nie rozumiesz. To wcale nie jest obrzydliwe, to ty, to twój kochany zapach. Psy mają tysiące razy lepszy węch od ludzi i nie ma dla nich nic obrzydliwego w silnych woniach. I wąchają wszystko silne, i tarzają się w tym. Bo to wcale nie śmierdzi. Głupi ludzie myślą, że śmierdzi, a to nie śmierdzi. A to są informacje, Sławciu. To są kochane informacje. Gdybym cię mocno powąchała, to wszedłbyś cały do mojego mózgu i serca na zawsze, i już nikt nigdy by mi ciebie nie zabrał, Sławciu. Bardziej byś we mnie wszedł niż się wchodzi w czasie miłości. Twój zapach składa się z wielu elementów, z wielu warstw. One się układają na tobie i w tobie. Niektóre elementy chcesz odrzucić, a inne są w tobie na zawsze i one otwierają do ciebie drzwi, takie bramy. To są takie cudowne eksplozje, Sławciu. I jak ty będziesz leżał nago, i ja cię będę wąchać, to ty mi eksplodujesz wiele razy i trochę stanę się tobą. I na zawsze, Sławciu – mówiła.

– Często tak wąchasz ludzi i otwierają ci się te bramy? – spytałem.

– Zapachy jak ludzie, najczęściej są bardzo zwykłe. Inaczej jest, jak się kogoś kocha i jak ktoś jest niezwykły, wtedy zapach jest uściskiem, jest taką ekscytacją, wielką wyprawą. Takim podskakiwaniem.

– Ty mnie kochasz, Kasiu?

– Odpierdol się, lamusie, kochasz, nie kochasz, masz te swoje korpokurwy. Pierdol je i je kochaj. Nie jesteś dla mnie ani ja dla ciebie. Jesteś moim księciem z bajki. Nieosiągalnym.

– Zrobiłabyś dla mnie wszystko?

– Tak, zrobiłabym wszystko. Oddałabym ci swojego ostatniego kotleta.

– Słucham? – Chciałem wybuchnąć śmiechem, nie wybuchnąłem. Takiego wyznania miłości świat jeszcze nie słyszał. – Kotleta? Oddałabyś mi swojego kotleta? – pytałem.

– Ty nigdy nie byłeś głodny, prawda, Sławciu? – Dotknęła mojej ręki.

– No byłem, jestem głodny, zaraz coś zjemy, coś zamówimy.

– Nie, Sławciu, to nie jest głód, to jest apetyt, głód jest wtedy, kiedy robisz wszystko, żeby zachować godność. Nikogo o nic nie prosić. Bo prosić o jedzenie, to jest wielki wstyd, Sławciu. Mało zarabiamy, a spłacamy z mężem duży kredyt. Pieniądze muszą być na jedzenie dla mojego synka i dla męża. Na mnie można oszczędzić. Ja mogę w ogóle nie jeść trzy dni. A jeszcze kilka następnych oszukiwać głód. Na przykład, Sławciu, kupuje się najtańsze bułki i chipsy o smaku bekonu, to razem tylko kilka złotych. I te chipsy się wsadza w bułkę. Wtedy brzuch i mózg myślą, że jesz mięso, a mięso jest drogie, Sławciu. Tylko że się bardzo słabnie. Ja cię wszystkiego, Sławciu, nauczę, jak bez pieniędzy przetrwać, jak robić naleśniki z ryżem, który udaje mięso dzięki przyprawom, jak zapchać brzuch. Ja to wszystko umiem. Ty nie zginiesz. Ja się tobą zaopiekuję. Ja cię nie zostawię.

– Nigdy już nie będziesz głodna, Kasiu, nigdy, przysięgam.

– Ty płaczesz, Sławciu.

– Nie płaczę.

– Płaczesz, lecą ci łzy.

– Nie lecą mi, kurwa, żadne jebane łzy, nie lecą i nie płaczę. – Jak mnie wkurwia ten cały jebany, pierdolony świat.

*

– Zabiła się. Ona się zabiła. – Premier Mareczek stał do mnie tyłem i gapił się przez okno na Aleje Ujazdowskie.

– No i... – zawiesiłem głos. – Żal ci jej? Chciałeś ją przelecieć?

Mareczek się odwrócił. Myślałem, że będzie na mnie zły, może wściekły. Znałem jego wściekłość, zwykle komiczną, miękką i wrzaskliwą. Tymczasem był jakby zmiażdżony, jakby przeniesiony w inne miejsce, z którego nie mógł wrócić.

– Co zrobiłeś z sumieniem, Sławciu, co z nim zrobiłeś?

– Zrezygnowałem, nie było pomocne. Pomaga mi literatura. Zacytuję ci coś napisanego na tę okazję: „Są rzeczy, które trzeba zrobić, i robi się je, ale nigdy się o nich nie mówi. Nie próbuje się ich usprawiedliwiać. Są nie do usprawiedliwienia. Po prostu się je robi. A potem się o nich zapomina".

– Z czego ten cytat? – spytał premier.

– Z podręcznika zarządzania. Sprzedano go ponad dwadzieścia milionów egzemplarzy w samych tylko Stanach. Nosi tytuł *Ojciec chrzestny* – odpowiedziałem, patrząc na swój nowy zegarek. Omegę, którą reklamował Bond. Właśnie ją sobie kupiłem. Taka sobie. Za tania jak dla mnie.

– Poradzę sobie z tym, Sławciu, ale my nie jesteśmy tacy sami. Nie jesteśmy. Chciałbym ci podziękować. Dotrzymam naszej umowy. Chciałbym, żebyś wyszedł. – Wciąż patrzył w okno.

– Rozumiem. – Skłamałem, od dawna nie rozumiałem ludzi.

*

Męczyła mnie twarz z rozmazanym makijażem. Maska niechcianej śmierci. W domu zrobiłem stary eksperyment. Postawiłem na stole dwie strzeliste butelki wódki Belvedere. Nasypałem dziesięć kresek amfetaminy. Piłem wódkę, popijając colą, aż poczułem, że jestem bardzo pijany, bardzo szczęśliwy i bardzo mądry. Jak chcesz się szybko upić, nic nie jedz, tylko pij. Więc piłem. Aż wypełniła mnie moc i bogowatość. Z głośników zestawu dla audiofilów Sonus Faber Olympica III, w cenie dobrego samochodu, wpierdalała się we mnie i buszowała we mnie, siejąc zniszczenie, piosenka The Prodigy. Kochałem spustoszenie. Znana pieśń o doniosłych słowach. Hymn tych, którzy urodzili się w ogniu i w ogniu zdechną. *Firestarter*. Podpalacz. Pijany, wyłem z wokalistą: *Jestem podpalaczem, pojebanym podpalaczem. Jestem dziwką, której nienawidzisz. Zakochaną w brudzie. Jestem twoim toksycznym bólem. Jestem podpalaczem.* Ta pieśń zawsze mocno uderza moją zmienioną świadomość. *I'm a firestarter, twisted firestarter.* Ona zawsze sprawia, że czuję się mniej samotny. Ona daje nadzieję, że są tacy jak ja. Że nie jestem wcale najgorszy. Że ta siła jest, bo jest, że nie da się jej ujarzmić, ugłaskać. Zobaczyłem się w lustrze. Wstrętna, pijana, bezczelna morda. To był najwyższy czas. Dowaliłem w nos dwie kreski albo może trzy. Po minucie byłem trzeźwy. Całkiem trzeźwy. Trzeźwo mówiłem, chodziłem i myślałem. Tylko w ustach miałem zapach jakiejś chemii. Zacząłem pić... A potem kreski... Znów wytrzeźwiałem, ale jakby mniej. Po trzecim kółeczku Pan Bóg wyłączył mi prąd. Ale zanim wyłączył, stało się to wszystko, z powodu czego piłem i rozsypywałem ścieżki w drodze do tego. Wokół mnie utworzył się wir ze mnie. Z całego mnie. Uwielbiałem mnie. Nie znałem mnie. Zapominałem się i właśnie się sobie przypominałem. Widziałem się całego wirującego wokół mnie. Wirowało wszystko ze mnie. To, co znałem i to, czego nie pamiętałem, czego istnienia w sobie nie podejrzewałem. Wirowała we mnie pierś mojej mamy, którą ssałem w dzieciństwie. Ona była domem, schronem, bezpieczeństwem, rajem, bogiem, żyznością, miłością, smakiem, rozkoszą, zapachem. Ta pierś była wszystkim. Zabrano mi ją. Dziewczyna, która wyśmiała mnie jako nastolatka, bo nie mogłem się podniecić, bo mój penis nie napłynął krwią. Wirował we mnie ten potworny wstyd i jej perlisty śmiech. I strach, że powie kolegom. I powiedziała. I czysta wściekłość, nienawiść, kiedy kopałem jakiegoś Araba, który zaczepił mnie kiedyś z dwoma innymi też chudymi Arabami i chcieli mnie bić na Mokotowie; jak ja nienawidzę tych brudasów walących łbami w podłogę pięć razy dziennie i ich prymitywnej agresji. Dlaczego myśleli, że ich trzech wystarczy na warszawskiego koksa? Dlaczego ten jeden złapał moją bluzę Armaniego z kapturem, szarą, i przysięgam, że nie wiem, co powiedział, bo byłem w stanie, że nie wszystko rozumiałem, ale on myślał z tym debilnym uśmieszkiem zamszowego brudasa, że opuszcza mnie świadomość, gdyż szedłem ulicą w sposób nietypowy, mając zawalony nos i płuca proszkiem na nieśmiertelność z Kolumbii, przemyconym przez potężnych magów ze stolicy naszej Warszawy do stolicy naszej Warszawy, a on sobie myślał, że z kolegami mną sobie pofiguje jak rzeczą. Więc jak on mnie złapał, chudy taki, za tę bluzę Armaniego ze wstawkami z czarnej skóry, na bogato, to ja jednak ku jego rozdziawieniu złapałem go za uszy dwiema rękami, ręką lewą za ucho prawe, a ręką prawą za ucho lewe i naciągnąłem go na głowę swoją z szybkością migawki, magicznego mrugnięcia, i on dokonał zderzenia z moim czołem, które nie było jego marzeniem, a było jego zdziwieniem, a ja go trzymałem za uszy, jak on już mi zwisał także, bo chudzinka z 70 kilogramów ważył, na pewno niewiele więcej. Wisiały mu te nogi, w powietrzu fajtając, już po pierwszym naciągnięciu na moją głowę, a ja go jeszcze parę razy tak naciągałem i dopiero wtedy pozwoliłem mu spłynąć, jak liść do nóg moich spłynął. Drugi to nie wiem, jak upadł; bo nie wiem naprawdę, przecież nie będę zmyślał, to przez magiczny proszek chyba nie wiem, a może jakiś warszawiak o dobrym sercu akurat przechodził i mu przypierdolił, Arabowi, i sobie poszedł, bo dobre mają serca warszawiacy, kiedy widzą, że dzieje się niezasłużona krzywda warszawiakowi, a ja magią zajęty nie zauważyłem tego, więc korzystając z okazji, chciałem serdecznie tą drogą temu warszawiakowi się pokłonić; ale drugi leżał, a ten trzeci bił mnie pięściami po głowie. To było o tyle dziwne, że on mnie bił i ja to widziałem, byłem jednak nieśmiertelny z powodu cudownego pyłu z Kolumbii w nosie i płucach, i we krwi, co już mówiłem. Więc jak poczułem, że tym wiatrem rąk rozciął mi wargę, złapałem go za arabskie włosy. Włosy to takie utrudnienie w ulicznych spotkaniach. Weź zrezygnuj bracie z włosów, dobrze ci Sławciu radzi. Potem się okaże dopiero po moim śnie i wypoczęciu, jak mnie magia opuści, że on mi jednak narobił krzywdy na twarzy, ten Arab, tymi pięściami, którymi machał, a ja wtedy nie czułem tego, bo miałem proszek na nieśmiertelność, ale ten proszek nie włączył jednak opancerzenia mojego magicznego, tylko nieśmiertelność mi zapodał, tak potężne widocznie czary nie były, co było problemem dla mnie, to znaczy ten mój obity ryj, bo miałem następnego dnia, to znaczy tego, co się obudziłem, prezentację w firmie ze wspólnikiem w obecności francuskich bankierów, którzy w naszej spółce chcieli zostawić dużo euro, więc się mój wspólnik przeraził, jak zobaczył, jaką przyniosłem ze sobą twarz na te rozmowy, a mój wspólnik był inny niż ja, lepszy, porządniejszy, magii pyłu z Kolumbii nie uznawał, więc ja powiedziałem tym bankierom, że ja bardzo przepraszam za swoją twarz poranioną, ale w stołecznym klubie Legia Warszawa ćwiczę boks amatorsko, żeby utrzymać kondycję dla siebie i firmy, i wczoraj się zapomnieliśmy na sparingu z mistrzem Polski niedawnym, który mnie zlał i mi pokazał moje miejsce, gdzie na świecie jest, i efekty mogą zobaczyć na twarzy mej, ale że było warto, a wtedy ten jeden bankier powiedział, że super, że on ćwiczy karate shotokan, a czasem full kontakt, chyba niczego nie przekręciłem, i zaczęliśmy rozmawiać z nimi dwoma o walce, męskich sportach i jak utrzymać kondycję, a jakie to ważne w życiu mieć adrenalinę, i im się nasza prezentacja bardzo spodobała, i powiedzieli, że wreszcie spotkali mężczyzn, że z nami umowę podpiszą na pewno na szeroki wachlarz usług i doradztwo dla banku, a mój wspólnik wtedy powiedział później: „Sławciu, ty nawet gówno z własnej twarzy zamienisz w złoto, debilu" i uśmiechnął się, głową kiwając z taką karcącą miłością, bardzo go lubiłem i szanowałem, ponieważ był porządny, mój wspólnik, a z Arabem tak przez chwilę patrzyliśmy się na siebie, sobie w oczy, niedługo, ale jednak, ja go za te jego włosy arabskie trzymałem, z których zrezygnujcie. A miało przyjść nieuchronne, ja widziałem, jak nadciąga, czyli widział to koks 115 kilogramów na nieśmiertelności dodatkowo i on widział Arab, Czarną Podniesioną Pięść Warszawy, która akurat przyczepiła się do mojego ciała, widocznie tej nocy nikt jej w stolicy nie potrzebował bardziej, więc się przyczepiła do mnie i bardzo chciałem jej tą drogą także podziękować, a nawet ja zadrżałem zobaczywszy ją u mnie, choć serca zajęczego nigdy nie miałem na stanie. I ta Czarna Podniesiona Pięść Warszawy, co każdy warszawiak wie o jej istnieniu oraz że zalatuje ona Powązkami, uderzyła w jego arabską twarzoczaszkę ze zdumiewającą siłą, wbijając jemu twarz w jego czaszkę. Więc wirowało we mnie, jak skakałem po ich trzech leżących na chodniku klatkach z piersiami w jakimś szale niewytłumaczalnym. Wirowała we mnie ślepa zbrodnia. Rozkosz niszczenia i zabijania. Kopałem nieprzytomnego chudego Araba po głowie. Kopałem i kopałem. A głowa jego była już tylko głową szmacianej lalki bez oporów szyi. Chyba go zabiłem. Nikt nie powie ci nigdy, co jest najprzyjemniejsze w zabijaniu. Ja ci powiem. Nieśmiertelność. Zabierając życie, stajesz się nieśmiertelny, stajesz się panem życia. Tak myślisz. Przez chwilę. Ale to oszustwo, jak wszystko. Wszystko jest oszustwem. Zostajesz tylko ze zbrodnią, nieśmiertelność znika. Jego życie nie przejdzie na ciebie. Musisz zabić, żeby się o tym dowiedzieć, a potem chcesz się dowiedzieć jeszcze raz. Jeszcze raz. I wirował we mnie strach. Że umrę i że już nigdy nic nie będzie. Nigdy nic nie będzie, nigdy nic nie będzie, nigdy nic nie będzie, nigdy nic nie będzie. Panika nie do uspokojenia. Strach straszniejszy od strasznych. Aż w końcu wir stał się czarną dziurą, znikały w niej wszystkie moje marzenia, plany, uczucia, zniknęła w niej cała moja pamięć. Cała moja pamięć znikała. A ja to obserwowałem. Włókna mojej osobowości odrywają się ode mnie i giną w niszczarce czasu i wiru. Na zawsze, bezpowrotnie. Zapadałem się. Byłem kimś, kogo nigdy nie było. Wiedziałem, że za chwilę, że już bez niczego ze mnie, przestanę istnieć. Bo mnie nigdy nie było. Chciałem tego, nie chciałem tego. Bezgłośna gilotyna nicości odcięła bodźce. Ulga.

*

Obudziło mnie dźganie dzidą w serce. Oczy – anemia mostu nad fosą. Nade mną stała Ludmiła. Ludmiła świeciła złotym zębem i kluczem od mojego domu. Ludmiła opiekowała się mną i domem. Ludmiła była z Ukrainy, Ludmiła była kochana, Ludmiła miała nadwagę. Palcem sprawdzała, czy się ruszę.

– Pan Sławciu, pan Sławciu, żyje pan?

Co za niestosowne pytanie. Leżałem nagi na schodach w swoim domu. Spojrzałem w dół, na dwa sterczące elementy mojego ciała. Strzykawkę wbitą w udo oraz kutasa. Kutas mnie ucieszył, a strzykawka zaskoczyła, ale bez przesady. Zostały w niej resztki gęstego, prawdopodobnie, długiego „teścia". Cypionatu. Testosteron działający przez tydzień. Waliłem go domięśniowo co pięć dni od kilku miesięcy. Dawał wzrost siły, przyrost masy i nieprawdopodobną ochotę na seks, pięć razy dziennie musiałem coś pierdolić albo się onanizować. Pięć razy dziennie. Nawet budziłem się w nocy tylko po to, żeby walić niemca po kasku. Z nosa leciała mi krew. Musiałem wyjechać. Musiałem odpocząć. Dziś miałem jeszcze spotkanie z korpokurwą, chyba Agatą...

– Ludmiło, przecież ja muszę coś na siebie włożyć!

– Wariat, wariat, wszystko naszykuję, kawę zrobię, ty idź pod prysznic, pan Sławciu.

Ludmiła zaczęła się krzątać, a ja poszedłem do lodówki. Trzeba mnie było reanimować, trzeba było zabić kaca. Trzeba było mnie zmartwychwstać, do świata żywych przywrócić. Trzeba było wypluć toksyny z organizmu. Wyjąłem z dolnej półki dwie ampułki TAD 600 Glutatione. Bo pamiętajcie bracia i siostry, jak przegrzejecie to temperaturą powyżej dwudziestu czterech stopni, to sobie możecie to w dupę wepchnąć, a pudełko jest jednak kanciaste, więc odradzam. Wyjąłem strzykawki i igły szóstki z tej szafki, w której trzymam też rzeczy, których posiadanie jest zabronione na podstawie polskiego prawa i powinienem pójść do więzienia, i poprzebywać. Pół jebanej warszawki, to znaczy stop, muszę skorygować to teraz, dziewięćdziesiąt dziewięć procent tej jebanej warszawki, co wyleguje na Foksal i Chmielnej, i na Nowym Świecie powinna siedzieć ze mną, ale chyba w innych celach, bo jak pomieścić tylu naćpanych debili w jednej celi, nie wiem. Zmieszałem proszek z jednej ampułki z rozpuszczalnikiem z drugiej. Poczekałem chwilę. Naciągnąłem i wbiłem w udo. Operację powtórzyłem jeszcze raz z drugim zastrzykiem w drugą nogę, chociaż dwa zastrzyki glutationu to trochę dużo, ale takie były okoliczności tego dnia. Uda bolały. Zawsze bolą po wstrzyknięciu czterech centymetrów w mięśnie jednej nogi. Glutation to silny przeciwutleniacz i jego właściwości regeneracyjne są cudowne. Dobry po ciężkich treningach, używany przez sportowców i przez skończonych degeneratów do błyskawicznych ponarkotykowych, poalkoholowych zmartwychwstań. Chemia, chemia, światem rządzi chemia. Więc po półgodzinie byłem już po tych zastrzykach, po tym prysznicu, po jajecznicy

Ludmiły na boczku, ale bez pieczywa i węglowodanów, całkowicie nowym Sławciem, który brzydził się alkoholem, narkotykami i sterydami. Ja. Nowy, wkładający granatową koszulę Joopa z guziczkami przy kołnierzyku ja. Zegarek wybrałem Longines Sport Conquest na czarnym skórzanym pasku, automatyk z malutkimi diamentami za jakieś chyba dziesięć tysięcy dolarów z czarną tarczą, dokręcaną koronką, do trzystu metrów wodoodporność. Na chuj mi ta wodoodporność? Muszę to przemyśleć. I wychodząc z domu, zobaczyłem w lustrze siebie. I nie żałowałem.

*

Siedzieliśmy w skórzanych fotelach pięciogwiazdkowego hotelu Sheraton zaraz przy placu Trzech Krzyży w Warszawie. W tym barze, co niby napić można się tylko drogiej wódy o nazwach ślicznych i sprytnych jak palce kurwy liczącej utarg. Tak naprawdę jednak można się tu też nażreć byle czego, ale za to drogo. I wszyscy wokół są mili. Lubię drogie miejsca, bo wszyscy wokół są mili. Srają na ciebie, ty srasz na nich, ale wszyscy srają w sposób miły. Nie przeszkadza mi, to jedna z tych konwencji, które rozumiem. Siedziałem z nią tam już z pół godziny. Powiedziałem może dwa zdania. Może trzy. Słuchałem. To była płyta numer pięć, tak ją sobie nazywałem, znałem melodię. Rozmowa o tym, że muszę się określić, bo ja mam ponad trzydzieści lat, a ona też ma ponad trzydzieści lat. I jest bardzo miło, ale powinniśmy być bardziej razem, zamieszkać ze sobą, mieć ze sobą może wspólnego psa albo proboszcza. Zawiązać jakiś powinniśmy związek, bo to dla mojego dobra, że nie jestem już taki młody, a i ona ze mną jest już prawie siedem miesięcy i spała u mnie w domu, i ona wie, jak zmienić ten mój dom, żeby był nasz warszawski, bo ona właściwie to jest już ze stolicy. I tak mi pierdoli, i pierdoli, a cycki ma zrobione tak samo, jak ma zrobione to jebane MBA, niedbale. Wycinali jej sutki, a jak przyszywali, to się w kilku miejscach rozchodzą. Nie żebym narzekał, ale czy to jest materiał na żonę, na jakąś partnerkę życiową? Istota z przyszytym sutem niedbale? Myślę więc, jak jej nie urazić, jak jej powiedzieć, że cenię sobie siebie dla siebie. W ogóle nie żywię do niej żadnych emocji, ma na imię chyba Agata. Miło spędzaliśmy czas, ale nie myślałem, że jej rozumowanie tak banalny obierze kierunek. Planuję strategię, co powiedzieć i co ona odpowie. Żeby nie było w tym hotelu scen, łez, krzyku i tego całego życia, którym tak gardzę. Żeby nie zrywać z nią znajomości całkowicie, bo może jeszcze będę chciał się na niej spocić, i żeby uniknąć tego męczącego, że ona mnie zniszczy, skurwysyna, jakbym nie był wystarczająco zniszczony. Powiedziała więc, co miała powiedzieć i rozdziawia w znak zapytania botoks paszczy. I ja mam w głowie wszystko spokojnie przygotowane, więc mówię cicho i delikatnie: „Spierdalaj. Dla mnie jesteś zwykłą kurwą".

*

Jest we mnie kosmosu nic. Więc wykupuję sobie wycieczkę na Rodos. Więc do hotelu pięć gwiazdek lecę sam. Może uda mi się nie poznać kogoś ciekawego. Może nikt nie będzie ode mnie niczego chciał. Może nikt nie otworzy ust ponad to rytualne niezbędne załatwienie tego, co trzeba załatwić. Więc na Okęciu ona, chyba ma na imię Agata, wysyła mi SMS: „Zniszczę cię, chuju". A ja zastanawiam się, czemu byłem siedem miesięcy chyba z Agatą, która pisze mi „cię" przez małe „c". Ten brak szacunku. Czasem nie rozumiem siebie. Czasem nierozumienie rozciąga mi się na całe życie. Dostaję jeszcze SMS od Dominiki, która jest piękna tak po prostu: „Kochanie, może kawka?". Kawka, pieniążki, chlebek, buciki, pizdeczka, jebani zdrabniacze, doprowadzacie mnie do szału. Odpisuję Dominice, która jest piękna tak po prostu: „Cudownie, odezwę się po przylocie". Ona jeszcze coś, że jakiś misiaczek leci bez niej i dlaczego, a ja już nie odpisuję, bo właśnie dlatego. Jestem zmęczony brakiem zmęczenia, zmęczony najgorszym z możliwych zmęczeń. Morderstwa podarowałyby mi ukojenie.

*

W hotelu nad zatoką w Lindos pani w recepcji łamie angielski, ale bez na przykład rosyjskiego okrucieństwa. Odpowiadam jej dobrą greką, bo moja matka była Greczynką i uczyła mnie, jedynaka, z jakimś sadyzmem misji. Ona się cieszy bardzo, że mówię po grecku, i pyta, gdzie się nauczyłem, a ja żałuję, że otworzyłem tę swoją głupią mordę. Jednak świeci słońce Grecji, które kocham tak po prostu, i opowiadam krótko barwne dzieje swojej rodziny. Umiem ładnie opowiadać. Wszyscy bardzo się cieszymy. Jednak trudno być samotnym w hotelu. Nie wykupuję posiłków, bo chcę nie oglądać ludzi. Nie chcę wchodzić w relacje, w komunikacje, w zapoznawanie się, w wysłuchiwanie ich historii, żartów i tych ich niesamowitych przygód, jak jakieś na przykład głupie dziecko głupich rodziców bolał ząb i trzeba było pojechać do dentysty, ale ktoś źle przetłumaczył i taksówkarz zawiózł ich do weterynarza, bo oni jechali też z maltańczykiem na rękach, championem – przecież nie zostawią championa w hotelu. I ha, ha, ha. I czy ty w ogóle rozumiesz to? Do weterynarza. Z dzieckiem, które bolał ząb, ha, ha, ha. Pierdolcie się, bardzo was proszę, ale pierdolcie się beze mnie. Mógłbym napisać opowiadanie o typach rodzin angielskich albo niemieckich, albo ruskich i setki anegdot z nimi związanych, które mnie nie śmieszą, które mnie nie nudzą, które mnie nie koją, które niewłaściwie zabierają mi czas. Przyleciałem przecież na Rodos po to, żeby nie poznać tego pieprzonego angielskiego grubasa z tatuażami nawet na swoim tłustym ryju, brzuszysku i tłustym wszystkim. Tłusta głupia świnia szukająca towarzysza, zapraszająca mnie na piwo przy barku nad basenem. Z tym cockneyem, akcentem londyńskiego debila. Czy w Londynie są sami debile? Tak, byłem wiele razy w Londynie. Tam są sami debile. Więc uśmiecham się i mówię mu, że dzięki, że nie piję alkoholu, że mam taką dietę, i pokazuję mu swój płaski umięśniony brzuch, żeby chuja zabolało, i boli go, i cieszy mnie to, i on się odpierdala. I odchodzi, a dopiero w trakcie odchodzenia dociera do niego, że jest obrażony. Debil. Londyński debil z Londynu. Jeszcze mi za to rozbije gruby kufel piwa na głowie, ale poczekajmy. To jeszcze nie dziś. Mamy jeszcze czas. Dziś jest przecież Rodos, Grecja, którą kocham. A Greczynki mają wstrętne nosy i dupy pełne przepychu.

*

I ten chudy chłopiec na wózku ma jedenaście lat, może więcej. Kaleka. Kaleki. Skaleczone kaleki. Nigdy nie wiem, ile mają lat. Wykrzywione, wychudzone, poskręcane. Gapi się na mnie kaleka. Uciekam z Warszawy od chyba Agat i ich lepkich pułapek „utworzymy komórkę", a tu się kaleka na mnie gapi. Poskręcany. Pcha go śliczna dziewczyna, chyba matka, mówi do tej kaleki po polsku, a ta kaleka nie odpowiada po żadnemu, bo ona poskręcana chyba nie mówi. I ta śliczna matka mówi do tej kaleki: „syneczku", i nie ma stanika, i sterczą jej średniej wielkości piersi, a ona ma tylko taką lekką bluzeczkę i ciężką minę. Ta mina komunikuje: „Jestem dzielna i nowoczesna, i mam dziecko kalekę, i jestem tego świadoma, i nic nie szkodzi". Szkodzi, kochanie, szkodzi. Starego chuja nie oszukasz. Mam już miliony lat i nie jestem dobrego zdania o niczym, więc mogę docenić ten twój manifest na twarzy.

Ale prawda jest inna, kochanie. Dopiero niedawno przestałaś ryczeć po nocach i natrętnie nudzić Boga, dlaczego ty, dlaczego ty. Dlaczego ten krzyż, to dziecko kalekie. I w odpowiedzi nie usłyszałaś nic. Nie wiem jeszcze, jak to sobie poukładałaś. Spotkałaś mądrego księdza, który mądrze ci wytłumaczył, że nie ma co tłumaczyć, bo niezbadane są? Mówił ci, że wiatr wieje tam, gdzie chce, zachowaj jednak wiarę, mimo że ktoś cię potraktował eksperymentalnie, ale miał w tym zamysł, który zrozumiesz, ale nie teraz, tylko potem, to ci mówił? Może odrzuciłaś ideę tego Boga Jezusa w sukience, co nie widział telewizora i jakiś psycholog opowiedział ci o innych matkach, które też miały podobnie i już to przepracowały? I jak tak kurwowały na ten świat i przepracowywały, to zmęczyły się i doszły do wniosku, że jest jak jest, a jak się ma parę groszy, to można tę kalekę po świecie obwozić, z nowoczesną twarzą, nowoczesnym wózkiem, żyć i nie płakać ciągle. Nie jestem pewien, kochanie, jak sobie poradziłaś z tą kaleką, która wyszła z ciebie, ale się dowiem. Popatrzę na ciebie. Poobserwuję. Może wcale sobie nie poradziłaś? A przecież kaleka to kaleka, zawsze coś ciekawego. Zawsze jednak jakiś dziwoląg. Zawsze trochę podziemnie śmieszny. Ale wiadomo, przecież jesteśmy cywilizowani. Nie będziemy o tym mówić. Siedzę, czytam i piję wodę. Czytam po rosyjsku, ciągle to samo od lat czytam po rosyjsku. *Bohater naszych czasów*. Pieczorin, jeszcze jeden zbędny światu i nawzajem. Może coś innego kiedyś przeczytam. A ona ten wózek stawia koło mnie niedaleko i gdzieś odchodzi. A ja czytam, ale zerkam. A kaleka skręca się do mnie i gapi się na mnie skręcona. A ja gapię się na kalekę. Wtedy kaleka zaczyna się rzucać w wózku na boki. Wózek jest zablokowany, a ten poskręcaniec rzuca się i ja już wiem. Wiem, że za chwilę wózek się przewróci. Jestem najbliżej i mógłbym temu zapobiec. Naturalnie nie robię nic. Ten się rzuca. Matka biegnie. Wózek się przechyla. Ja siedzę. Wszystko w całkowitej jeszcze ciszy, bo kaleka chyba nie wydaje żadnych odgłosów. Na sekundę przed krzyczy matka i kilka osób, które obserwują całą dziwną scenę. Krzyk nigdy nie wstrzymuje upadku. Chłopiec uderza głową o marmur. Słychać to głuche klapnięcie czaszki, na które czekałem. Ja siedzę, może trzy metry od całej sceny. Matka dobiega i zadziwiająco sprawnie stawia wózek z powykręcańcem. Widocznie on nic nie waży, widocznie już się przewracał, widocznie matka przyzwyczajona. Ja patrzę na nią, ona patrzy na mnie. Nagle zaczyna chaotycznie tłumaczyć mi się po angielsku, że ona tylko na chwilę do barku po colę dla syneczka. Patrzy na mnie, jakby szukała u mnie rozgrzeszenia albo choćby zrozumienia. U mnie. Mówię do niej po polsku:

– Musi pani na niego uważać, jeszcze wydarzy mu się jakieś nieszczęście.

Potakuje, ale w lot łapie, że w moim przekazie jest coś nie tak. W moich słowach jest coś nie tak. We wszystkim jest coś nie tak. Coś jest, kurwa,

bardzo nie tak i ono wisi w powietrzu. Ja czytam. Wtedy zjawia się ta tłusta londyńska świnia w tanich tatuażach. Mówi do mnie:
– Chciałeś, żeby upadł.
Ten debil nie jest taki głupi.

*

Zadarty Cycek, bo tak nazywam matkę kaleki, żeby ją sobie zohydzić, żeby wyrzucić ją z głowy, podchodzi do mnie przy basenie następnego dnia. Zaczyna mówić. Ma głos jak sierść kochanego psa, jestem w tym głosie palcami:
– On nigdy nie reaguje tak. Mój Daruś jest spokojny, zawsze jest spokojny. To się pierwszy raz wydarzyło.
I nagle siada obok mnie, a ja stwierdzam, że mi to nie przeszkadza. Dziwne, człowiek kobieta mi nie przeszkadza, a nic od niego, niej nie chcę. Nie poustawiałem jej sobie w głowie, że jest nade mną, pode mną, że wyje, że przymyka świat powiekami, że rozszerzają się biodra na spływaniu moich dłoni. Mam kłopot z emocjami. Emocje.
– Miał trzy latka, kiedy jechał z tatą i mieli ten okropny wypadek. Kierowca ciężarówki jadącej z naprzeciwka usnął i zjechał wprost na samochód mojego męża. Mąż zginął na miejscu, a Daruś… Cóż, Daruś był pół roku w śpiączce. Dzięki Bogu, żyje – kończy cicho.
Dzięki Bogu, trudne to trochę, więc się nie wgłębiam. Nigdy nic dobrego nie wyszło z moich rozmyślań o Bogu, który jest wszechmogący

i wszechdobry, a tu świat to taki klops z Dareczkami i ze mną, i nie myślę o tym. Kiwam głową. Ona opowiada, że na szczęście mąż zabezpieczył ją i synka i dzięki temu jest jej trochę lżej. Czekam, żeby opowiedziała mi, jak jest jej ciężko samej, co będzie już jawnym zaproszeniem mnie do niej, ale ona zatrzymuje swoją opowieść. Milczy. A moja chora wyobraźnia, ponieważ ja jestem chory, ponieważ świat jest chory, jednak rusza. Zaczyna wymyślać te wszystkie chore głupoty, za które ją lubię, tę wyobraźnię. Że jestem u niej i ją rżnę. Jak ona ma na imię? Mama Darusia. Więc Daruś siedzi na tym swoim drogim foteliku i słyszy dziwne odgłosy, i próbuje się odwrócić, bo wyrodna, występna, bezbożna matka, którą targają chucie i którą targam aktualnie ja, odwróciła go do ściany. Ja tę mamę Darusia, ten Daruś się wykręca, bo chce widzieć przedstawienie, a w podobnym nigdy nie będzie uczestniczył – to funduje mi moja wyobraźnia, więc oczywiście uśmiecham się, a ona, jak ona ma na imię, mama Darusia, patrzy na mnie wstrząśnięta mną, oburzona na mnie, ona się przysiadła i ona oczekuje wyjaśnień, bo historia z ciężarówką i z trach, bach, bęc, śpiączka nie jest wcale do uśmiechu. Wybrnij z tego jakoś, wybrnij. Nie gaszę uśmiechu:

– To takie pokrzepiające – zaczynam, co jest, kurwa, pokrzepiającego w tej historii, wymyśl coś człowieku – że Daruś w tym wszystkim miał i ma panią, że czuwa przy nim pani, niczym anioł – kończę.

Jestem dość dobry. Naprawdę jestem dość dobry. A Zadarty Cycek już uspokojony, już szczęśliwy, to takie piękne, krzepiące, uznające ją wytłumaczenie. Łapie mnie za rękę, a drugą ręką trzyma Darusia. Tak mnie łapie w podziękowaniu pewnym, w geście ogólnoświatowego braterstwa, wzniosłości i może patosu. My, ludzie. My jesteśmy skłonni, zdolni. *I have a dream.* Z tym dotykiem jest jednak u mnie czasem coś nie tak. Czasem, nie wiem, jak to działa i kiedy, czasem działa. Ja tego nie chcę. Niechciany, nieprzygotowany dotyk cudzy powoduje u mnie obrazy i dźwięki. Nie chcę tego. Nie jestem typem podglądacza. Nie chcę waszego podłego życia. Mam swoje podłe życie. Mnie nie są potrzebne wasze panoramy, ramy, jednoaktówki, skecze, pięciosekundówki. Ale ona już dotknęła. Już się stało. Już się nie odetknie. Więc stoisz nad Darusiem i krzyczysz na niego. I polewasz go gorącą wodą. I on, chociaż sparaliżowany, czuje ból płynący gorącą wodą. Winisz go za wszystko. Bijesz go po głowie. Ty kurwo, ty go katujesz! Nie to jest najgorsze, a katuj sobie kalekę. Ale ty to lubisz. Ty kochasz go katować. I nie masz pojęcia, co kaleka przeżywa. A ja mam. Dlaczego mnie dotknęłaś? Teraz ja jestem katowanym kaleką, na chwilę, na wieczność, w pancerzu z bezruchu, w bunkrze z bezsłowa. Więzień własnego poskręcanego ciała na wieki. Czuję wszystko, widzę, słyszę, rozumiem, płaczę, wrzeszczę, ale nie mogę się ruszyć, moje ciało jest betonem, ono mi nie pozwala na nic.

Mamo, kocham cię. Mamo, nie rób mi tego. Mamo, błagam cię. Mamo, mamo, mamo. Dlaczego mi to robisz? Mamusiu! Mamusiu! Mamusiu!

*

Odrzucam jej rękę. Ona zdziwiona, trochę obrażona. Znów nie wiem, jak jej wyjaśnić, przecież nie powiem jej prawdy. Ludziom można mówić wszystko, ale przecież nie prawdę. Po co im prawda? Prawda to takie brzydkie nieszczęście. Wymyślam kolejny scenariusz:
– Przepraszam, mam za sobą trudny nieudany związek. To świeża sprawa. Jeszcze sobie z nią nie poradziłem. Przepraszam – mówię, spuszczając wzrok.
To spuszczenie wzroku to już przesada. Naprawdę chce mi się z siebie śmiać. Spuszczenie wzroku. Zadarty Cycek mówi mi, że ma na imię Monika i o!, widzę to w jej oczach. Na wieść o moim rzekomym nieudanym związku świeżo zakończonym obudziła się w niej lekarka dusz. Już pragnie mi pomóc, z ulgą przyjść, z pocieszeniem. Już z siebie zrobiła gąbkę zdolną pochłonąć wszystkie moje złe doświadczenia i każdym porem swojej gąbki zachęca, żebym do niej wpłynął słowami. A weź spierdalaj! Więc mówię jej cicho o chyba Agacie jako o Agacie, że byliśmy razem, że razem mieszkaliśmy ze sobą wiele cudownych miesięcy, i że ja planowałem cichutko, że już zawsze będziemy razem, ale kiedy jej to zaproponowałem, ona, ku mojemu największemu zdziwieniu wyśmiała mnie i powiedziała, że dla niej

byłem zwykłym towarem do przelecenia i nikim więcej, i jak ktoś taki jak ja mógł chociaż przez chwilę pomyśleć, że ona będzie z kimś takim jak ja. I arcydziełem było to, że w tym momencie mojej opowieści od wypowiadanych przeze mnie smutnych bzdur zaszkliły mi się oczy.

– Nie wiem, dlaczego mi to zrobiła, nigdy nikt mnie tak nie zranił. Dlaczego kobiety to robią? – To też było niezłe.

„Dlaczego kobiety to robią?" – pytam kobietę i ona musi się tłumaczyć. Może powiedzieć tylko jedno: „Nie wszystkie kobiety są takie". Czekam.

– Nie wszystkie kobiety są takie – mówi i przytula mnie.

Życie, pierdolony szajs. Więc zrobię tak: pójdę do łóżka z Moniką Zadartym Cyckiem, a potem zrobię z jej życia pokutę. Do końca życia pokutę.

*

Uśpiła kalekę. Chyba. Dała mu leki.

– Nalałam mu trochę więcej, żeby nam Daruś nie przeszkadzał. – W jej głosie była zapowiedź nagrody dla mnie.

Nagrody. Dobre sobie. Ona i nagroda. Dla mnie. Seks z nią dla mnie miał być tylko gimnastyką. Rozładowaniem napięcia. Niczym mistycznym, niczym nadzwyczajnym. Mimo jej zachwycającego ciała nie spodziewałem się niczego łagodzącego ból. A przecież robiłem z własnej woli w życiu tylko te rzeczy, które łagodziły ból. Przekierowywały uwagę z bólu na coś. Bezruch, bezżycie także łagodziły ból. Nawet nie chce mi się tego wszystkiego opisywać. Tej jej banalnej gry i mojego niby wycofania, żeby to ona myślała, że ma inicjatywę. Otóż po potwierdzeniu, że został opuszczony i wykorzystany przez „bo to zła Agata była", Monika uwiodła mnie, rozebrała mnie i dosiadła mnie. Bracia i siostry, nie usłyszycie z ust moich kłamliwej nuty. To była rasowa klacz. Lekko narowista. Silna i wybiegana. Spragniona wielce trudnej gonitwy. Wkładająca w nowy bieg całe serce i całą dupę. Świadoma swoich walorów i świadomie ich używająca. Z dobrym twardym cycem, z dobrym umięśnionym pośladem. Bóg by mi nie wybaczył, gdybym narzekał na to właśnie pierdolenie. Kiedy brałem ją od tyłu i z całej siły swoją wielką łapą złapałem, i ścisnąłem ją za kark, tak że ślady będzie nosiła jeszcze kilka dni, zaczęła szczytować i drzeć mordę. I stało się, delikatna skóra z maleńkimi blond włoskami na jej talii zlała mi się, zderzyła się we mnie z ciałem Dareczka. Ja biorący jego matkę. Ja w jego bólu, ja w matki piździe, ja w rozmowie z jego myślami, ja w jego strachu, ja w jej rozkoszy, ja w jego chorym kręgosłupie, ja w jego uszkodzonym mózgu, ja w jej rozpaczy i samotności. Ja. Ja. Ja. Byłem wszędzie. Wirujące kolory powiedziały mi: „To się uda, musisz tylko uderzyć to dziecko. Mocno. Co najmniej kilka razy". I ona już wie, że będę kończył i odwraca się teraz do mnie:

– Możesz do środka, biorę pigułki.

Dla kogo, szmato, bierzesz pigułki? Kto cię rucha na co dzień, pani wdowo w komplecie z kaleką? Skończyłem w niej, szarpiąc ją za włosy.

Zaprawdę, powiadam wam bracia i siostry, zasłużenie chwaląc sam siebie, rasowa klacz mistrzowsko została wyjebana.

*

Następnego dnia wieczorem, między barkiem a basenem, piłem drugiego drinka, chociaż w zasadzie wtedy piłem mało. Coś się miało jednak potoczyć. Miała się zacząć pokuta. Miała się zacząć bólem. To nie jest takie proste. Jeszcze mogłem się wycofać. Do głowy mi nie przyszło, żeby się wycofać. Mama Dareczka przywiozła go i zaparkowała koło mnie.

– O, pijesz drinka, Sławciu, co się stało? Zmęczony? – zapytała, siadając obok.

– Nie, kochanie, to nie o zmęczenie chodzi, raczej o to, co się wydarzy – odpowiedziałem, patrząc na ciemniejącą powoli zatokę, na kolory, które zmieniały się po całym dniu, jakby szykowały się do spania, do osłabnięcia.

– A co się wydarzy, Sławciu? – Podążała za moim wzrokiem po zatoce.

Poczułem, jak mocniej zaczyna mi bić serce. To jednak miało być głośne przedstawienie, przedstawienie, które długo będzie komentowane.

– Patrz uważnie, kochanie.

Wstałem, podszedłem do Dareczka i silnym kopniakiem w jego klatkę piersiową przewróciłem wózek. Znowu usłyszałem, jak czaszka chłopca uderza o beżowy marmur. Nie szkodzi, to nic nie szkodzi. Usiadłem na Dareczku okrakiem i zacząłem pięścią uderzać mocno w jego twarz. Nikt nie reagował, jeszcze nikt nie reagował. To był chyba sen. Przecież ten przystojny, dobrze wychowany pan z Polski nie jest bandytą. Przecież nie uderzy kaleki. Przecież nie zrzucił go z wózka, może to jakiś żart? Tymczasem dalej waliłem Dareczka po czaszce całkiem silnymi sierpami. Pierwszy zaczął przeraźliwie krzyczeć Zadarty Cycek. Rzuciła się na mnie i próbowała mnie odciągnąć od synka. Bez powodzenia, chociaż drapała i wyła. Ludzie zaczęli nieśmiało podnosić głosy, ktoś wezwał ochronę, a ja dalej uderzałem. Z grubym kuflem, w którym było jeszcze trochę piwa, z paskudnym ryjem londyńskiego debila stanął nade mną tłusty debil z Londynu. To był jego czas. To jego czas nadszedł. To spełniało się jego marzenie. Nasze spojrzenia spotkały się na chwilę. Wiedziałem, że to sprawi mu przyjemność. Wziął zamach i coś się roztrzaskało. Moja głowa albo jego kufel.

*

Wyostrzał mi się obraz przed oczami. Ktoś świecił mi małą latarką w źrenice.

– Jak się nazywasz, wiesz, gdzie jesteś? – chropowaty głos kobiety nadużywającej papierosów zwrócił się do mnie po angielsku.

– Nazywam się Sławciu i chuj jeden wie, gdzie jestem – rzekłem według swojej najlepszej wiedzy.

Odpowiedź nie padła. Kobieta wyszła z pomieszczenia. To nie był szpital. Raczej posterunek policji. Przez otwarte drzwi słyszałem rozmowę po grecku.

– Co z nim? – pytał jakiś mężczyzna.

– Nic mu nie będzie. Zszyłam mu głowę i ucho. Może trochę rzygać. Jutro dojdzie do siebie – stwierdzał chropowaty głos kobiety.

– A dziś co?

– Pytasz mnie, czy możecie go przesłuchać? Słyszałam, że skatował kalekie dziecko, więc twoi chłopcy pewnie i tak go przesłuchają. To obcokrajowiec, nie naróbcie sobie kłopotów.

– Dobrze, pani doktor. Będziemy delikatni.

Drzwi się zamknęły, zapadła cisza. Nie wiem, jak długo trwała. Może godzinę. Może dłużej. Siedziałem na masywnym krześle. Ręce miałem z tyłu skute kajdankami. Nie mogłem się ruszyć. Do pokoju weszło trzech policjantów z pałkami. Za dużo. Jeżeli zaczną mnie bić wszyscy trzej, będą sobie przeszkadzać. Najlepiej bić we dwóch. Zresztą mieli dużo czasu, a mnie nie przerażał ból. Ból przenosił uwagę. Od życia. Czasem był nawet dobry.

*

Kiedyś Kasia spytała mnie, jakie jest moje największe marzenie. Powiedziałem, że chciałbym, żeby ktoś przywiązał mnie do drzewa, oblał benzyną, podpalił i bił kijami bejsbolowymi. Podobno to najgorszy ból, kiedy człowiek płonie. Chciałem po prostu odwrócenia uwagi. Wtedy Kasia spojrzała mi w oczy i spytała:

– A czy ty mógłbyś mnie pobić?

– Mógłbym, Kasiu.

– To dlatego się w tobie zakocham, wszystkie lamusy mówią, że nie, że nie podnieśliby na mnie ręki. Nic nie rozumieją, Sławciu. Nie wiedzą, że z miłością to jest bardzo różnie. Pobijesz mnie Sławciu i skopiesz, ja bardzo tego pragnę, dobrze?

– Dobrze, Kasiu, a czy ty pobijesz mnie? Ale chciałbym, żebyś pobiła mnie naprawdę mocno, możesz jakimś przedmiotem.

– Chciałbyś, naprawdę?

– Pewnie, bardzo.

– Dobrze, Sławciu. Chyba właśnie trochę nasikałam w majtki albo jestem taka mokra, Sławciu. To z ekscytacji, Sławciu.

Kasi tu jednak nie było. Było trzech mężczyzn i żaden z nich nie był przyjazny. Rozmawiali ze sobą po grecku, nie wiedzieli, że rozumiem. To nie były przyjemne dla mnie rzeczy. Nie byłem tu szanowany. Podobno skatowałem kalekie dziecko. Potwór. Pierwszy z milasków uderzył mnie otwartą wypracowaną dłonią w twarz i ucho. Mocno, naprawdę mocno, celował w szwy, a to miała być dopiero uwertura. W uchu włączyło mi się piszczenie, a panowie zaczęli w najlepsze. Kto wie, ten wie, że cios policyjnej pałki w mięśnie nóg sprawia ból tak dotkliwy, że masz ochotę wysrać jelita. Miałem właśnie tę ochotę. Pracowali nade mną solidnie, ale wiedziałem, że zaraz skończą, że tym razem nie przyniesie im to spodziewanej przyjemności pomszczenia skatowanego kalekiego dziecka i wymierzenia sprawiedliwej kary choremu degeneratowi, którym w ich oczach byłem. Skąd wiedziałem? To dzięki mojemu tatusiowi. Wiele mnie nauczył.

*

Tatuś był cenionym dyplomatą. Uważał, że dziecko trzeba wychowywać w surowej dyscyplinie. Miał specjalny elastyczny kij, którym mnie katował po całym ciele za najmniejsze przewinienie. Parę razy mama próbowała mnie bronić, ale wtedy świst tego kijka, pamiętam ten przerażający świst, kończył na jej ciele. Nie mogłem zrozumieć, dlaczego katował mnie, małe bezbronne dziecko, które wymagało napomnienia, rozmowy. Tego nigdy nie było. Był świst i potworny ból i te czerwone wypukłe bruzdy po kijku na moich nogach, rękach, plecach, a czasem i na twarzy. Po kilku godzinach znikały. Nie wszystkie, nie zawsze znikały tak prędko. Wiele z tych uderzeń nie zniknęło, tatusiu. Kiedy tatuś mnie bił, błagałem, żeby przestał. Szlochałem, krzyczałem, klękałem przed nim, modliłem się do niego. To nie przynosiło skutku, katował mnie długo. Obojętniałem. Pewnego razu, gdy zaczął mnie bić, nie wiem dlaczego, patrzyłem mu w twarz. Miałem wtedy może 14 lat. Nie krzyczałem, nie płakałem, nie błagałem, tym razem patrzyłem mu w twarz. Nie wiem, dlaczego tak zrobiłem. Stracił zapał. Bił, ale już nie tak mocno i szybko skończył. Wtedy zrozumiałem część psychiki kata. Lubimy katować ofiary. Ofiary katuje się najchętniej i najprzyjemniej. Ofiarom katowanie się należy. Ofiarę trzeba wyczuć, trzeba wyczuć jej strach. Ofiara da ci znak, że jest ofiarą. Jeżeli nie jesteś ofiarą, kat pewnie zrobi to, co musi zrobić, ale nie będzie w nim zapału i serca. On nie będzie miał przyjemności, tylko obowiązek.

Dziękuję ci, tatusiu. Tatuś nie przestał mnie jednak katować, osłabły tylko jego ciosy i skróciła się kara. Nadal uważał, że powinien to robić. Gdy miałem 15 lat, po kolejnym pobiciu, wziąłem duży metalowy młot, który robotnik remontujący nasz dom zostawił w garażu. Wszedłem z nim do gabinetu taty. Pisał coś. Trzymał dłonie na biurku. Spojrzał na mnie z rodzajem surowego napomnienia, jak śmiałem wejść i przerwać mu pracę. Nie widział, co mam za plecami. Byłem szybki, szybki zaskoczeniem. Z całej siły uderzyłem młotem w jego prawą rękę. Już nigdy jej na mnie nie podniesie, już nigdy nie odzyska w niej sprawności. Mój tatuś wył głośniej niż ja kiedykolwiek. To jedna z nielicznych chwil w moim życiu, w której byłem bardzo, bardzo szczęśliwy. Bardzo szczęśliwy.

– Następnym razem uderzę cię w głowę, tatusiu – stwierdziłem.

*

Kiedy więc bili mnie greccy policjanci, patrzyłem im w oczy. To nie jest tak, że możesz pozbyć się bólu i na niego nie reagować. Tak nie jest. Ale możesz go wziąć jako swój. Kiedy pomyślisz, że jest twój, staje się mniej dotkliwy. Przestali mnie bić dość szybko, patrząc na mnie, kiedy ja obserwowałem ich z zaciekawieniem.

– Chory skurwiel – rzucił do mnie krępy oprawca, myśląc, że nie rozumiem.

Wyszli. Zapadłem w jakiś letarg. Po czasie, którego nie potrafiłem określić, do pokoju weszła policjantka, rozkuła mnie i spytała, czy mówię po angielsku. Potwierdziłem.

– Spotkasz się z oficerem. Zostaniesz przesłuchany – powiedziała, wyprowadzając mnie z pokoju.

Moje nogi odmawiały posłuszeństwa. Za długo siedziałem, za dotkliwie mnie bito, jakoś jednak szedłem.

Miał na imię Ewaryst. Oficer miał na imię Ewaryst. Tak się przedstawił. Nazwiska nie zapamiętałem. Miał twarz człowieka, którego wyprano i wykręcono, ale nie wyprasowano. Ewaryst czytał jakieś papiery.

– Proszę, niech pan siada – zaczął po angielsku, nie patrząc na mnie.

Jego angielski był naprawdę zły. Usiadłem. Czy wszyscy policjanci to takie fleje? Czy na całym świecie nie ma policjanta, który byłby zadbany, miał wyprasowane, w miarę modne rzeczy, był ogolony, miał na sobie nutę jakiejś wody kolońskiej, nie smrody sklepu spożywczego?

– Mam z panem kłopot, chciałbym, żeby mi pan pomógł zrozumieć – kontynuował.

– Mam kłopot z pana angielskim, dawno go pan nie używał, rozmawiajmy po grecku – zaproponowałem dobrą greką.

Podniósł wzrok, spojrzał na mnie i nic nie mówił. Zastanawiał się, czy moja bezczelność powinna zostać skarcona, czy przeciwnie, jest mu na rękę. Widocznie nie dostrzegł w moich oczach kpiny, nie miałem ochoty kpić. Byłem zmęczony i obolały. A wreszcie powoli zbliżaliśmy się do najważniejszego, do pokuty. On też był zmęczony. Miał w sobie to długie życiowe zmęczenie. Polubiłem go właśnie z powodu tej rezygnacji, którą nosił, ale której z jakichś powodów nie chciał się poddać.

– Dobrze, mówmy po grecku. Skontaktowało się z nami polskie Ministerstwo Spraw Zagranicznych z prośbą o wyjaśnienia. Nie wierzą, że pan to zrobił. Nie wiem skąd w ogóle wiedzą o zdarzeniu. Przysłali nam pana dane. Pan nie jest urzędnikiem państwowym, dlaczego się panem interesują? Jest pan jakimś szpiegiem, jakimś agentem? – pytał tym swoim powolnym, zmęczonym głosem.

– Nie. Czasem pracuję dla rządu jako specjalista od wizerunku i doradca od komunikacji – odparłem.

– Czytam pana papiery, oglądam wyniki badań krwi. Był pan trzeźwy, nie wykryto żadnych narkotyków, żadnych lekarstw. Nie leczył się pan psychiatrycznie. Nie rozumiem. Świadkowie twierdzą, że bez powodu kopnął pan kalekie dziecko na wózku, usiadł na nim i zaczął uderzać pięściami. To prawda? Tak było? – Znużony patrzył mi w oczy.

– Tak, to prawda, tak było – potwierdziłem.

– Czemu pan to zrobił?

– Nie uwierzy pan.

– Spróbuję.

– To kalekie dziecko, Darek, bo ma na imię Darek, jest w szpitalu, prawda? – spytałem.

– Tak, jest w szpitalu – przytaknął. – Nawet niedaleko stąd.

– Czy mógłby pan zatelefonować do szpitala i spytać o jego stan zdrowia? – poprosiłem.
– Obawia się pan, że je zabił? Muszę pana rozczarować, żyje i będzie żyło. Tak twierdziła rano lekarka. – Zmęczenie w jego głosie zaczęło zamieniać się w zainteresowanie.
– Przeciwnie.
– Co przeciwnie? Myśli pan, że je uleczył, bijąc pięścią po głowie? – Grecki oficer zastanawiał się właśnie, czy jestem bardzo nienormalny.
– Tak, tak myślę. Myślę, że chłopiec odzyskał czucie w rękach i nogach. Potrzebuje odbudowy mięśni i długiej rehabilitacji, ale myślę, że go uzdrowiłem – powiedziałem.
Bawił się długopisem. Jakby dostrzegł w nim coś interesującego.
– Dobrze. Pojadę i spytam, czy je pan uzdrowił. – Nie było w tym kpiny, tylko smutek i zmęczenie. Ten smutek i zmęczenie były częścią mnie. Lubiłem tego greckiego oficera. – Tymczasem wróci pan do celi. W szpitalu poznam też obrażenia dziecka. Od jego obrażeń zależy, ile lat spędzi pan w więzieniu.

*

Wyglądał, jakby był jeszcze bardziej wymięty. Zmienił koszulę i spodnie. Próbował się chyba ogolić, ale tego nie jestem pewien, natomiast gębę następnego dnia oficer Ewaryst miał wymiętą jeszcze bardziej.
– Zrobili mu rezonans magnetyczny i badanie tomografem, tłumaczyli mi, ale nie znam się na

tym lekarskim bełkocie. W każdym razie mówią o cudownym przypadku. Dzieciak odzyskał czucie z powodu urazów mechanicznych, które mu pan zafundował. Będzie chodził. Prawdopodobnie będzie całkowicie sprawny. Matka nie chce, żeby pana ścigać. Podpisze pan kilka dokumentów i będzie pan wolny jeszcze dziś. – Patrzył na mnie, jakby chciał, żebym coś wytłumaczył.

Więc wytłumaczyłem:

– Matka katowała to dziecko od lat. Właśnie zrobiłem z jej życia pokutę.

– Pan jest jakimś aniołem zemsty czy coś takiego?

– Nie, po prostu nie lubię ludzi.

– Też nie lubię ludzi, ale nie kopię z tego powodu kalekich dzieci.

– Proszę spróbować, świetnie odstresowuje.

Po raz pierwszy oficer Ewaryst się uśmiechnął.

– Nie rozumiem tego, nie chcę rozumieć. Mogę coś dla pana zrobić? Teraz to trochę głupio, że chłopcy nad panem pracowali – dokończył.

– Chciałbym dzisiaj polecieć do Warszawy i nie wracać już do hotelu – powiedziałem.

– Dobrze. Zajmę się tym. Ktoś od nas pana spakuje. Czego mam panu życzyć?

– Żebym zdechł.

– Nietypowo... – Znów napełnił się powolnym zmęczeniem.

*

Pierwszy raz kochaliśmy się z Kasią w hotelu Feliks w Warszawie w pokoju 502. Czekałem na nią w restauracji na dole. Włożyła czerwoną sukienkę z wielkim psem o maślanych oczach i czarną skórzaną kurtkę. Ta sukienka wyglądała jak jakiś jebany żart. Żadna moja znajoma nie włożyłaby czegoś takiego. Co to, kurwa, miało w ogóle być? Sukienka z psem, jak dla pięciolatki? Tyle że do Kasi to pasowało. Nic tu nie raziło. Była jednak spięta. Zamówiła carpaccio. Kelnerka widziała mnie tu z wieloma kobietami, ale była profesjonalistką, niczego nie dała po sobie poznać. Wiedziała, że zostawię wysoki napiwek. Albowiem zapamiętajcie bracia i siostry, tylko strach i pieniądze zamykają ludziom mordy. Czułem niepokój i wewnętrzne naprężenie Kasi, ale nie znałem przyczyn.

– Kasiu, nie musimy tego robić… – powiedziałem.

– Ale ja chcę. – Usłyszałem upór dziewczynki.

– Nie chciałbym czegoś zepsuć.

– Nie zepsujesz.

– To o co chodzi? Jesteś zestresowana.

– Bo się boję.

– Czego?

– Że ci się nie spodobam, Sławciu, jak ci się nie spodobam, to będzie bardzo ciężko. I całe życie będzie do niczego. Bo ty masz tyle pięknych kobiet wokół siebie. Ty mi nawet nie powiesz, że ci się nie podobam, ale ja będę wiedzieć, takie rzeczy się wie na pewno i czuje. I ja się tego bardzo boję.

– Ale Kasiu…

Co mogłem powiedzieć w takiej nowej dla mnie sytuacji? Ja, w sumie dość bezsensowny ruchacz towarów przeszacowanych. Korporacyjnych gwiazdeczek i zasranych wychudzonych modelek szukających w łóżkach bogatych facetów życiowej szansy, uważających, że ich jedyną powinnością w seksie jest rozłożenie wydepilowanych, opalonych nóg. Tych leżących jak kłody nawąchanych korpokurew z wystającymi żebrami, zastanawiającymi się w czasie seksu nad butami, które mają jutro włożyć do nowej sukienki. Tych pizd „tylko nie spuść mi się na twarz, bo mi się rozmaże makijaż". Tych świń pytających: „Dobrze ci było?", chociaż nawet nie ruszyły swoich żylastych umięśnionych srak i nawet nie interesuje ich twoja odpowiedź. Tych wszystkich samic, które niby są obiektem marzeń i westchnień, a potem okazuje się, że szkoda tracić czas na zapamiętanie ich imion. Więc spotkałeś, Sławciu, kobietę, której jedynym marzeniem jest to, żeby ci się spodobać. Której jedynym życiowym zmartwieniem jest to, że ci się spodoba. Spotkałeś ją. Denerwuje się jak przed swoim pierwszym życiowym egzaminem.

– A jak ja ci się nie spodobam? – Moje pytanie wywołało niespodziewaną dla mnie jej podskakującą radość.

– Co ty pierdolisz, Sławciu? Jak ty mógłbyś mi się nie spodobać? – Uśmiechała się jak anioł, ale była kimś dużo więcej. Przecież anioł nie zrobiłby mi tego. A Kasia zrobiła, mój Boże. Kasia mi to wszystko zrobiła.

*

Ten cały U Szwejka przy placu Konstytucji to po prostu kiepska jadłodajnia dla mnie jest.

Nie, że się stroszę czy napinam, nie. Po prostu tak jest według mnie i już. Właściciel wymyślił sobie, że jak nawrzuca dużo słabego, tłustego żarcia na talerze, piwo będzie serwował tanio, to ludzie będą walić do niego drzwiami i oknami. I miał rację. Walą jak pojebane zombi. Robię się chory, jak mam tam iść. Poszedłem, bo ksiądz Sebastian był miłośnikiem opery. To akurat nie ma nic do rzeczy, że był miłośnikiem opery, ale spotkaliśmy się, bo on przyjeżdżał do Warszawy, ponieważ był miłośnikiem opery, a w operze w Warszawie była jakaś nowa opera. Nie chodzę do opery, to znaczy chodzę. Do opery chodzą ludzie, którzy chcą, żeby widziano ich w operze, żeby mówiono o nich, że chodzą do opery. Nie robię sobie żartów z ludzi, którzy chodzą do opery. Sam idę, jeśli muszę iść, bo coś trzeba z klientem załatwić, a klient jest chodzący do opery i co mu zrobisz, jak ma pieniądze? Albo kiedy się z kimś spotkać trzeba, a z nim się spotkać trzeba w miejscu jednak nobilitującym jego i on pierdoli mi przez telefon: „To się spotkajmy w operze, będziesz?". A ja odpowiadam: „Naturalnie, nie darowałbym sobie, gdybym to przegapił". Potem się dowiaduję, czego bym sobie nie darował i wkładam smoking, i muchę, i koszulę z guzikami jubilerskimi, i siedzę. Zachowuję się bez zarzutu. Mądrze się zachowuję oraz taktownie i z klasą. Czasem mi się podoba, rzadko. Nudzę się, przeważnie się tam nudzę, kurwa, jak ja się tam nudzę! Miłośnika ze mnie nie będzie, jestem po prostu bywalcem. Ksiądz

Sebastian wybrał tę knajpę, bo on myśli, że to dobra knajpa, ekskluzywna, w zasadzie top, bo jemu smakowało już w tej knajpie i może się pochwalić na prowincji, że on tu był: „A jakie porcje duże!", i wtedy chciałem go spytać, czy był może misjonarzem w Etiopii, ale nie spytałem. Więc opowiada mi o operze, bo on przyjechał do Warszawy z prowincji w sprawie opery i nosi to na twarzy, zarówno tę miłość operową jak i prowincję dźwiga na twarzy, każdy dźwiga na twarzy swoją własną prowincję, a ja dźwigam Warszawę, moje myśli są w innym jakimś miejscu, chyba w miejscu „nigdzie". I nagle on mnie pyta:

– Czy ty, Sławciu, nie odsunąłeś się od Boga?
– Nie, no skąd? – mówię.
– A chodzisz do kościoła?
– Nie, no skąd?!

On się, ksiądz, uśmiecha, ale jakby niepewnie, i przynoszą mu wielki talerz jakichś zdechłych mięs, czym jest zachwycony:

– Takich porcji nie ma chyba nigdzie.

Mam ochotę powiedzieć, że większe mogą być na śmietniku, ale nic nie mówię, tylko zamawiam jeszcze jedno podwójne espresso, bo przecież nie będę jadł tego gówna sobą, swoim organizmem, ciałem, przecież nie jestem aż tak zdegenerowany w jadłodajni U Szwejka, dla mnie to syf. Ale przecież mu nie mówię, żeby miał tę wielką warszawską przyjemność; a się zastanawiam, jaki sobie uszyć garnitur i nie wiem, i czy dobry założyłem do dżinsów Armaniego zegarek też Armaniego na błękitnym pasku gumowym z tarczą niebieską bez żadnych oznaczeń tylko ze wskazówkami, bardzo mi się podoba, chociaż tani, taki kelner musiałby na niego ze dwa miesiące robić tylko, ale to z napiwkami przecież. Tłumaczę mu więc tylko, że nie jem tu akurat, bo chodzi o to, że mam specjalną dietę rozpisaną: ile węglowodanów, ile białka, a tłuszczów jak najmniej, o której godzinie, bo tak to już jest, a on twierdzi, że rozumie, ale nie wygląda.

– Człowiek bez Boga jest jak roślina, która usycha – mówi do mnie ksiądz, bo się znamy.

– Człowiek z waszym Bogiem jest jak pies i niewolnik – odpowiadam i nie wiem, po co to mówię, nawet przez chwilę jestem na siebie zły, ale powiedziałem, ale się powiedziało, a jemu się mięso zatrzymuje w transporcie do ust.

– Co przez to rozumiesz, Sławciu?

W zasadzie już nie wiem, czy chce mi się mówić, ale myślę sobie, że posłucham, co mówię, to będę wiedział, co myślę. Więc mówię:

– Robicie z wolnych ludzi jakichś kundli. Na kolana, przepraszaj, wyznawaj grzechy. Rodzisz się i już masz grzech, choć niczego nie zrobiłeś, ale już jesteś winny, a potem ja mam wam mówić o swoich grzechach, a niby dlaczego, żeby się jeden z drugim podniecał, że co ja nawyrabiałem, każdy by tak chciał, ale nikt się nie przyzna, a Bóg zna moje grzechy, zanim je popełnię, więc co mam mówić koniobijcom. I te wasze przebieranki w jakieś sukienki, i ta nuda na tych mszach, i te wasze nudne kazania. Tego się nie da znieść.

Po co ja mam chodzić do kościoła, serio, nie wiem. Nauka Chrystusa bardzo mi się podoba, ale ona niewiele ma wspólnego z Kościołem, nic dla mnie. I mam nadstawiać drugi policzek? Sam sobie nadstawiaj jeden z drugim, co za zakłamanie, jakaś filozofia dla frajerów, kto nadstawia? Kogo mogę z Kościoła bezkarnie lać po pysku? Nazwisko mi podaj, to sobie do niego pojadę na rozgrzewkę. He, he, nazwisk takich to wy podajecie bardzo mało, a szkoda. I te wasze pieniądze, chociaż macie podobno być biedni i ubodzy. Ja w Kościele niczego dla siebie nie znajduję, chyba, że dzieła sztuki albo koncert organowy – kończę i w zasadzie myślę sobie, że dobrze myślę, że to myślenie poznane poprzez mówienie akceptuję. Chociaż oczywiście jest powierzchowne, skrótowe, esencjonalne.

Zawieszam głos, bo jestem dość zadowolony, ale bez przesady, wcale nie chciałem tego tematu, bo do czego mi taki temat tak naskórkowo, banalnie przedstawiony zresztą? Ksiądz Sebastian poczuł się w obowiązku, bo my się poznaliśmy, kiedy mu pieniądze dawałem z firmy na jego akcje dla dzieci, szlachetna sprawa, a ja to sobie odpisywałem od podatku, więc nic nie traciłem, a on jest mi zobowiązany, bo ludzie Kościoła lubią pieniądze, bo można z nimi coś dobrego zrobić albo coś dla ludzi, albo coś dla księdza. Było mi to obojętne, a on w zamian chciał się odwdzięczyć tym, że będzie pasterzem duszy mojej, ale nie był na to za mądry, niczego mu nie ujmując. Może też tak być, że ja byłem na to za zły albo może raczej to mnie nie interesowało, bo księża zawsze ciągnęli za sobą zapach wilgotnej kruchty i wymaglowanej komży, co mi się jedno i drugie kojarzyło z potworną, przerażającą nudą, że trzeba spierdalać, więc nie wiedziałem, co z tym zrobić, więc nie szukałem Boga w kościele, bo wiedziałem, że taki gość jak Bóg nie wybrałby sobie dla siebie takiej nudy, takiego księdza, takiej wilgoci, takiej komży. Mówię mu jeszcze, temu księdzu, co już wpierdala te mięsa ze smakiem, przysięgam wam bracia na co chcecie oraz siostry, że on to wkładał do swoich własnych, osobistych ust, przeżuwał, łykał ze smakiem, co mnie trochę przerażało i musiałem się pilnować, żeby nie powiedzieć, które to powiedzenie na temat smaków byłoby subiektywne i odebrane zapewne opacznie: „Czemu ksiądz taki syf wpierdala, przecież, Boże kochany, chyba nie z głodu". Według mnie, gdyby Bóg był w kościele żywy, toby się szybko apdejtował, bo to jest konieczne i niezbędne, bez apdejtu kościoły pustoszeją, wprowadziłby do siebie i do wszystkiego nową wersję, nowy system operacyjny dwudziestopierwszowieczny, aktualizację niezbędną po prostu, żeby działało, bo nie działa, średniowiecze jest. Ja nie chcę bluźnić, ja nie bluźnię, uchowaj Boże, ja ciągle w Boga wierzę po swojemu, może jest pokrętna ta moja wiara, ale innej nie mam, a tę chcę mieć, bo coś trzeba mieć. A w waszym Kościele Bóg ciągle wisi na krzyżu nieżywy, jakby nie chciał być żywy, a przecież aż się do życia rwie! Ja nie widzę zmartwychwstania mocarnego, wasza radość jest smutna, sztuczna dla mnie, udawana, nieprawdziwa, tylko że wy z waszym Kościołem gdzieś zostaliście i w takiej formie, i w takich sukienkach, i w takim sposobie rozmawiania ze mną, że się mnie poucza, i napomina cienkim głosem, jak dla mnie za cienkim, serio. Chcę Boga, który jest tu i teraz, i który daje mi siłę, i moc, i radość, i bicepsy – między innymi mogą być też na duszy, i sprawia, że jestem, że chcę być lepszy, a wasz Bóg przez was jest nudny i nudzi. No, jak wy to zrobiliście, że przez was Bóg jest nudny? To jest wasz największy grzech i tego on wam nie powinien darować, że go nudą obrzydzacie. I jakąś taką gejowską delikatnością, że aż strach bierze chodzić i słuchać te cienkie wasze głosiki pi, pi, pi, pi, pi, pi. Pedalskie, co tu kryć. Wszyscy powinniście trafić do piekła, klechy. Wszyscy! To jest jakaś wasza księżowska dywersja. Kościelny sabotaż. Bóg nie może być nudny, proszę księdza. Bo jego naprawdę stać na fajerwerki z bomb atomowych, gwiazd supernowych, więc raczej szukałem Boga, z narażeniem życia własnego szukałem Boga, bo warto, ale też nie było łatwo i taki sobie miało to skutek. Niemniej ksiądz Sebastian U Szwejka na placu Konstytucji, który jest jakimś nienormalnym placem w Warszawie – to jest architektoniczny horror, nie wiadomo, jakim życiem żyć na takim placu będąc, jak się poczuć, ja mam tylko drżenie, co za jebany plac, niby pusty, ale wcale nie, jak można było mnie tak placem przerazić –

poczuł się zobowiązany być jednak księdzem, nawrócić mnie, być może dlatego, że dałem mu pieniądze, a być może właśnie, że nie, nie wiem, więc powiedział:

– Sławciu, zbyt prosto sobie to wszystko interpretujesz i tłumaczysz, i bez wysiłku, a to niedobrze. Dobrze jednak, że Boga szukasz.

Potem coś jeszcze o wspólnocie. Dalej już nie słuchałem, bo dalej sam mogłem to wszystko sobie powiedzieć, bo wiedziałem, co on powie, w zasadzie to takie tłumaczenia słyszałem i ni chuja mnie nie przekonywały, ale innych nie było i nie było też sensu dyskutować, bo parę razy w życiu już próbowałem z różnym pofałdowaniem mózgów duchownych dyskutować i zawsze wpadaliśmy po jakimś czasie dyskusji w kołowrotek, i wracały argumenty, a jak nie wracały, to nie przekonywały mnie, i jednak najczęściej wracały. I oni mi się ciągle kazali ukorzyć i ukorzyć, a ja myślałem sobie, że chyba ich pojebało, żebym klękał przed klechami, biskupami, papieżami, się ukorzył ja! Ja, Sławciu. Kurwa, ja i ukorzył, no chora sytuacja jakaś. Mogłem zresztą z tym księdzem pojechać na brzytwie i powiedzieć mu, że ten jego Bóg może coś posiadać nie w porządku ze sobą samym Bogiem, może brak mu jest pewności siebie, może samotność źle znosi, czy coś. Że mu były potrzebne, Bogu, do stworzenia upośledzone istoty, ludzie ograniczeni na maksa i on sobie nami gry strategiczne ze Złym robi, nieładnie, nieładnie, Panie Boże. Fe. O zdanie nas nie spytał, nikogo, nawet żadnego księdza, choćby wpierdalającego jakiś syf w restauracji U Szwejka, jego też nie spytał, a przecież mógłby, ale nie. I że w sumie na wyrzygu mogłem mu rzec, księdzu temu, że jedynym w naszym przypadku sposobem ludzi na zachowanie godności jest świadome się na piekło skazanie i powiedzenie temu Bogu, że weź, nie gram w tę twoją chorą grę, która nazywa się życie. Według twoich gwałcących mnie, narzuconych reguł nie gram. Z tobą nie chcę mieć do czynienia, żadnego nieba i tobie się podlizywania, łaszenia całkowicie nie, nie chcę, psem nie jestem, kundlem, aportować ci nie będę, Panie Boże mój, swoją godność mam, więc sobie poobserwuj jak Sławciu kolorowo na piekło tyra. Jaki jest niedobry ten Sławciu, a ty go stworzyłeś, no jak ci mogą zarzucać doskonałość? To mogłem rzec na jakiejś rozpaczy, ale za bardzo się bałem sam siebie, swoich strasznych słów, za bardzo mnie bolało to logiczne rozumowanie, więc się nim nie dzieliłem i trochę udawałem, że nie wiem, o co chodzi, i że może Pan Bóg jest dobry, a ja po prostu czegoś nie załapałem. Jakie piekła nosi w sobie ten nasz Sławciu, a z twarzy w ogóle nie wygląda. Wypiłem więc espresso podwójne, a ksiądz nieświadomy tego, jak się w mojej duszy rozpacza, i że tam siedzi Zły, i kubańskie cygaro płucem zakąsza z uśmieszkiem w kąciku ust znamionującym wiedzę, której nie chciałoby się mieć, ale się ją ma, więc ten ksiądz Sebastian wpierdolił górę mięsa, co wydawało mi się niemożliwe, żeby człowiek inteligentny mógł takie rzeczy, swoim ciałem, własnemu ciału zrobić. Zapłaciłem rachunek jakiś śmieszny, a ksiądz Sebastian był bardzo zadowolony, ponieważ mnie nawrócił, więc prosto ze Szwejka świeżo po tym nawróceniu pojechałem do jednej dziennikarki na Nowym Powiślu, która nie miała pracy, ale miała apartament bogatym tatą kupiony, chyba deweloperem, i wyremontowany, i opłacany, i ja przy wejściu wsadzałem jej rękę w majtki od razu, nie mówiąc nic, ani słowa, chociaż z nią chodził jakiś informatyk, a ona wolałaby chodzić ze mną. I mówiła mi: „Weź, przestań", ale nie chciała, żebym przestawał. Opowiadała mi plotki senatowe, bo pracowała bez pieniędzy w senacie parę godzin i wiedziała, kto wydał państwowe pieniądze na podciągnięcie sobie powiek w prywatnej klinice, i różne opowiadała mi świństwa, nawet w trakcie jak nią trząsłem, mówiła. Miała silną potrzebę spotkania drugiego człowieka i porozmawiania z nim, ciepła po prostu potrzebowała ludzkiego, do czegoś widocznie było jej potrzebne, może jej zimno było. Moje potrzeby były inne. Wypacaliśmy kompromis.

*

– Sławciu, a co to jest dubbing? – spytała Kasia.
Siedzieliśmy w McDonaldzie przy ulicy Wałbrzyskiej, a była słoneczna niedziela około godziny czternastej i społeczeństwo aspirujące przyszło na obiad z rodzinami oraz żeby pokazać i kupić dzieciom zabawki. Kasia jadła jakąś kanapkę i wielkie frytki. Przeglądała telefon, pełno było ludzi w środku, ale mieliśmy swój stolik, ja piłem kawę.

– Ty, kurwa, taka głupia jesteś, że nie wiesz, co to jest dubbing?
– A ty, chuju krawaciarzu, wiesz wszystko? – odpowiedziała Kasia może trochę za głośno, bo młodzi ludzie siedzący obok spojrzeli na nią raczej z niezrozumieniem niż skarceniem chyba.
– Tak, ja wiem wszystko.
– A wiesz, jak zdjąć kołpaki z samochodu albo jak lusterko boczne wydłubać z mercedesa, żeby nie pękło, albo jak firmowe radio pierdolnąć z auta frajera? – spytała.
– Ty szmato, kołpaki kradniesz na tym swoim Grochowie i radia?
– Nie kradnę, ale wiem, jak ukraść, lamusie, i gówno wiesz, sam widzisz, kasztanie.
– Nie mów, Kasiu, w ten sposób do mnie bez szacunku, bo ci łbem pierdolnę w stół i tyle.
– Nie pierdolniesz.
I już widziałem w jej oczach, że chce. Że chce adrenaliny bólu, uderzenia i żeby się wydarzyło wydarzenie. Już ją to zamroczyło. I mnie. Więc poszło. Więc za głośno mówię, z całą pewnością za głośno, a mam na sobie lniane granatowe spodnie Joopa i polo Joopa białe, opinające moje ciało koksa 115 kilogramów.
– Zajebać ci?
Patrzą na nas ludzie, odwracają się inni, aby zobaczyć, co dzieje się. A Kasia patrzy błękitnymi oczami pięknymi prosto w oczy moje, bierze frytkę i wsadza w zęby, i z tą frytką do mnie w zębach też za głośno, tak uważam, że chciała wszystkich na siebie uwagę ściągnąć, i słusznie,

w tej grze o to przecież szło, lewą dłonią właśnie silnie mnie podniecającym swoim palcem wskazującym, żeby mnie palec wskazujący podniecał, to takie niewinne, albo brudne, pokazuje na dół swojej sukienki i ona mówi do mnie tak:

– Możesz mi wylizać!

Na te więc słowa łapię ją lewą ręką za włosy, piękne blond włosy długie i puszyste, pięknie pachnące i jej czołem uderzam w stół, aż usłyszałem i puszczam. A ona podnosi głowę i patrzy na mnie, i wszyscy patrzą na mnie w tym na Wałbrzyskiej McDonaldzie, i ona mówi mi, tak uważam, za głośno:

– Chuju wypluty!

Łapię ją więc tą samą ręką za włosy, a na czole ma już guza lekkiego, a może jeszcze nie ma, tylko taki ślad, i ją wywlekam na zewnątrz, a blisko jesteśmy wyjścia, i ludzie się odsuwają, i nikt nie reaguje, jak tę dziwkę za włosy ciągnę, a ona aż zęby pokazuje, zaciska, i ja wiem, i ona wie, że jest jej dobrze, ale nikt nie wie, i nikt nie reaguje, bo jest niedziela, rodziny przyszły na obiad, a tu taka nieprzyjemna sytuacja na Wałbrzyskiej w Warszawie, stolicy naszej. Zaraz więc po wyjściu przy szybie, żeby widzieli, bo teatrem jest życie, uderzam ją naprawdę mocno prawą otwartą dłonią w twarz, a ona dalej te zęby szczerzy i wiem, że jest jej dobrze w dalszym ciągu, mnie też. Mnie też jest naprawdę bardzo w tym momencie owszem, aż odczuwam na kręgosłupie, że mi to spaceruje. I biorę znów zamach. A jednak, a jednak, a jednak wyszło trzech chłopców z restauracji, młodych dżentelmenów z dobrych rodzin warszawskich trzech. Może mieli po dwadzieścia kilka lat. Jak to po twarzach widać, że oni z dobrych rodzin warszawskich inteligenckich, w których jest jednak kult kobiety, obronić kobiecość męskością, więc przyszli na pomoc Kasi, bo mają w twarzach, że są szlachetni, a nie jak ja zniszczony wiedzą. Mnie się wtedy myśli, nie wiem czemu akurat na Wałbrzyskiej, że oni by zginęli na początku sierpnia z tymi swoimi szlachetnymi twarzami i oczami, ponieważ by myśleli, że jak są tacy szlachetni i z ideałami, to przecież z tego jest pancerz i zginąć nie zginą, bo sprawa słuszna, więc by ich coś rozjebało szybko, a ja bym musiał pewnie do końca powstania nosić w sobie to wszystko, dźwigać. Może bym nawet przeżył ten cały ból 63 dni, bo ja nie umiem umrzeć. Nie umiem umrzeć w żaden sposób. A ten jeden, co wychodzi na przód przed nimi dwoma, ma inicjatywę i myślę sobie, że ma ciało sprężyste, nie przyciężkie jak moje, za silne, tylko podskakujące, i przychodzi mi do głowy koksa, ale nie wiem czy słusznie, że on może jakieś karate ćwiczyć, bo karate jest szlachetne z zasadami i kodeksem. Stoję przy tej wielkiej szybie McDonalda i przychodzi mi do głowy koksa, ale nie wiem czy słusznie, że on może uderzyć mnie błyskawicznym ciosem obrotowym z wyskoku i jeżeli go nie uniknę, to wpadnę w szybę i stłukę ją sobą, cielskiem, wielkimi plecami w ruch wprawionymi, i ulegnę ciężkim prawdopodobnie uszkodzeniom, być może szyba z góry ciężka spadnie na mnie jak gilotyna i będzie trzeba mi operacją ratować życie, krew będzie ze mnie wypływać strużką, a może sikać fontanną, kocham to. Kurwa, jak ja to kocham. Ale ten młody nieskazitelny, kryształowy, bez skazy i zmazy, godny naśladowania i szacunku mężczyzna, w dobrych spodniach i dobrej koszuli, ale żadnej tam topowej marki, bo rodzice to raczej inteligenci, którzy dbają o pieniądze, ale nie są żadnym celem ich życia tego, przecież nie są tak płytcy, tacy powierzchowni, żeby żyć dla pieniędzy, dla pieniędzy niech żyje prostactwo nowobogackie, niech się prostactwo chwali markami, samochodami, złotem, i w ogóle on jest dobrze ubrany, i dobrze uzbrojony w ideały dobre, sprawdzone, że przyjdzie z odsieczą, bo ja Kasię moją dalej trzymam za włosy mocno lewą ręką, aż jej się piękny łeb przekrzywia, zęby pokazując, ten młodzieniec mówi stanowczo i jednocześnie niepewnie, a chciałby żeby pewnie, ale mu nie wychodzi, niewytrenowany, niestety:

– Niech ją pan puści!

Kurwa twoja zaskoczona! No, tak nie można! Chłopcze z dobrego domu jakiegoś, no tak nie można! Jak w tak napiętej dramatycznej sytuacji można powiedzieć do koksa na „pan"? No, kurwa, jak? Zamiast nawet najzwyklejszego wyszczekania: „Zostaw ją!", nawet bez zwyczajowego dodawania: „chuju", „kurwo" czy coś takiego? Moim zdaniem, on się bardzo rzadko napierdala na ulicy, natomiast jest szlachetny. I już niestety

wiem natychmiast, że przegrałem szansę bólu i walki, i sobą rozbicie szyby przegrałem, że nic z tego nie będzie, że mi nikt dzisiaj naprawdę dobrze nie dopierdoli, że nie spadnie na mnie szyba, o co mam do życia cienia żal, ale wiem też, że wygrałem to, co i państwu zaraz tutaj ofiaruję. Puszczam więc Kasię, mówiąc:
– Kasiu, powiedz panom!
A Kasia właśnie robi światu zwolnione tempo filmu *Matrix* i moją garścią trzymane, a puszczone teraz włosy poprawia zarzuceniem głowy na drugą stronę, takim pięknym ruchem, że w słońcu ulicy Wałbrzyskiej każdy włos osobno musi przelecieć ze strony na stronę i każdy włos musi się policzyć, więc trwa to i trwa, i trwa, i trwa, i trwa, i trwa, i trochę mnie to zaczyna nudzić, aczkolwiek z drugiej strony wcale nie, bo sytuacja zewnętrzna wydaje się pozostawać w napięciu. Przeleciały. Ułożyły się. Kasia spojrzała w oczy swojego obrońcy i nabrawszy powietrza w usta, aż go trochę jakby zabrakło dla innych przez to jej nabranie na ulicy Wałbrzyskiej w Warszawie w niedzielę około godziny czternastej, co być może odnotował jakiś stołeczny urząd, ale tego nie wiem, przemówiła do niego wprost. A warto posłuchać, zresztą i tak wszystko ucichło wtedy na świecie:
– Ty kurwo bita, ty lamo osrana. Do kogo pyszczysz? Ci zaraz wyjebię w te ząbki, to się złożysz jak domino. Wypierdalaj i mi tu żadnych fiku--miku nie rób, bo poznasz zaraz gniew mocarstwa studni.

We mnie wulkan śmiechu tlić się zaczął dość szybko. W zasadzie zaraz przy „ty kurwo bita", kiedy się Kasia w pierwszym zdaniu rozpędzała, choć nie wiedziałem jeszcze, czym jest mocarstwo studni, gdyż młody mężczyzna z dobrego domu zaczynał iść do tyłu, gdyż moja Kasia szła do niego z głową wysuniętą do przodu, mówiąc mu słowa niespodziewane, płynne, pełne agresji. I oni wszyscy trzej wycofywali się, aż uciekli do środka McDonalda, cedząc pod nosem: „pojebana", co moim zdaniem było w dużym stopniu prawdą, ale też i uproszczeniem jednak, choć nie wiem, czy krzywdzącym. I Kasia podeszła do mnie, a ja się ze śmiechu już skręcałem, a obserwował nas cały McDonald przy ulicy Wałbrzyskiej przez szybę, i zaczęła się ze mną całować, a ja ją złapałem za dupę i tą dupą oparłem ją o szybę. Nadmienię jeszcze, że mi Kasia wytłumaczyła potem, że mocarstwo studni to takie miejsce na Grochowie, jakby plac, w którym się na Grochowie spotykają ludzie, żeby pożyć życiem. Gniew mocarstwa studni. A tę jej śliczną dupę, a była w krótkiej spódniczce i stringach, rozmaśliłem na szybie, żeby publiczność tłumnie zgromadzona skonstatowała, jak bardzo w życiu mieszają się style i mieszają gatunki, jak na imprezie trunki. Co było nazbyt chyba efekciarskie, dziecinne wręcz, może tandetą jechało, kiczem takim z *Dziewięć i pół tygodnia*. Lecz nie mogłem się powstrzymać.

*

Depresja wpadła we mnie. Kamienna i rdzawa depresja. Poczułem ją nagle, jak uderzenie. Byłem z jakąś panią doktor od ekonomii, która prowadziła jakieś kursy dla menedżerów w Pałacu Kultury i Nauki. Panią doktor poznałem na promocji jakiejś książki o menedżerach pod jakimś takim tytułem, że jak to przeczytasz, to będziesz młody, piękny i bogaty, i kochany przez wszystkich. Książka była kolejnym syfem i gównem tego samego gatunku, który jest znany na całym świecie. Nieudacznik, który naucza innych. Żenada. To się bardzo dobrze sprzedaje, bo nieudaczników czytelników, którzy są jeszcze bardziej nieudani od nieudaczników autorów, jest więcej i oni nie znają tej tajemnicy, że tajemnice tych autorów są chuja warte. I ci nieudacznicy czytelnicy zawsze wierzą, że ukryją fakt, że są nieudacznikami i przeczytają tę książkę, i już nie będą. Ale niestety, niestety, tak się jakoś składa, że kto się pizdą urodził, kanarkiem nie umrze. Ten poradnik, który był właśnie reklamowany, miał przynieść pieniądze i szczęście wyłącznie temu niby menedżerowi, który uśmiechał się do mnie i mówił: „Cześć, Sławciu", a znany był z tego, że za co się wziął, to spierdolił, bo on chciał, żeby go ludzie lubili, takiego miał po prostu zajoba, żeby go ludzie lubili. I nic mu w życiu nie wychodziło, i go ludzie nie lubili, bo śmiali się z niego, a on udawał, że tego nie wie. I ta pani doktor Sylwia podeszła do mnie na promocji tej książki, która odbywała się w Bibliotece Uniwersyteckiej, co to jest zielona i w jakichś roślinach.

Tak ją poznałem. Stanęła koło mnie z kieliszkiem jakiegoś taniego szampana i powiedziała, że mamy wspólnych znajomych, a mnie się nie chciało brnąć w te szyny, tory, koleiny, więc uśmiechnąłem się łobuzersko i powiedziałem: „Ale przede wszystkim mamy siebie, kochanie", chociaż widziałem ją pierwszy raz, a ona natychmiast wiedziała, o co chodzi i weszła w tę konwencję. Złapała mnie za rękę i powiedziała, pokazując ładnie zrobione zęby: „Niegrzeczny chłopiec", i że następnego dnia, czyli w niedzielę, ona ma wykłady w Pałacu Kultury i Nauki, a kończy o godzinie tej i tej, i że po wykładach możemy się spotkać. Wymieniliśmy się wizytówkami, a ja powiedziałem: „Zapamiętasz, kochanie, tę niedzielę", a ona weszła w tę konwencję, bo chyba chciała mi usiąść na twarzy, gdyż była panią doktor od ekonomii lat może trzydzieści dwa i miała bardzo ładnie ostrzyżone krótko blond włosy, takie trochę podgolone przy karku, co ja lubiłem. Na dole w kawiarni piliśmy więc kawę z plastikowych kubków w tym Pałacu Kultury i Nauki, czego ja nienawidziłem sobą, plastikowych kubków do kawy, kawę pije się w porcelanie, a ona wyglądała na onieśmieloną, że może to wszystko za szybko idzie, a ja miałem zdanie odrębne. Opowiedziałem więc jej o przyszłości:

– Pojedziemy teraz moim bmw do hotelu Marriott naprzeciwko, gdzie na czterdziestym piętrze w restauracji Panorama Sky Bar czeka na nas zarezerwowany stolik. I ja bym ci, Sylwio, polecił kawior z blinami i perliczkę z dynią. A na deser pozłacaną czekoladę, którą podają tam wyjątkowo smaczną. W pokoju, do którego mam już kartę, czeka na nas szampan, który się chłodzi, ale jakiegoś mocnego drinka powinniśmy wypić do lunchu – powiedziałem i widziałem, że zrobiłem wrażenie.

– Wynająłeś pokój? Co będziemy w nim robić? – spytała, żeby coś powiedzieć po prostu.

– Obawiam się, że będziesz miała ochotę mnie w nim przelecieć, tylko proszę, żebyś była delikatna, zazwyczaj nie jestem taki łatwy.

Uśmiechnęła się, chwyt, że to ona rządzi i decyduje o seksie, zadziałał.

– Chodźmy – powiedziała.

W windzie, windzie, windzie, windzie, gdzieś między dwudziestym a trzydziestym piętrem hotelu Marriott depresja wpadła we mnie. Odechciało mi się wszystkiego, ale trzymałem fason przed Sylwią. Tak mnie uderzyła ta depresja, doprawdy było to tak nieprzyjemne, jakby ktoś obwieścił mi, że nigdy nie umrę i będę tu musiał być zawsze z tymi ludźmi, z tym światem. Ona spytała, dlaczego mi smutno, a ja, że jesień napawa mnie nostalgią. Ja pierdolę, że też takie frazy przychodziło mi recytować z łatwością. Sylwia zamówiła dokładnie to, co jej proponowałem wcześniej, a ja wziąłem tylko tatar z łososia i setkę czystej wódki. W toalecie Panorama Sky Bar wciągnąłem kreskę i wziąłem dwie viagry, żeby mi się w ogóle chciało pukać tę Sylwię. Ciśnienie zaraz mi poszło do góry. Po pół godzinie, mimo depresji, się zachciało. Sylwii też, bo dość szybko zaproponowała, żeby iść do pokoju. Popatrzyłem jeszcze na Warszawę z czterdziestego piętra. Przejeżdżające malutkie samochodziki sprawiały, że przypomniałem sobie Koheleta, że marność nad marnościami. Nie wiem, czy Kohelet był w Marriotcie w Warszawie. Nie wisiała na budynku żadna na ten temat tablica. Wzięła mnie za rękę i odciągnęła od tych szklanych ścian przepaści. Zadbane kobiety są zadbane, z czego nie można robić im wyrzutów. Miała wszystko ładne i starannie podgolony wąski paseczek blond włosów. Jednak działała na mnie średnio, czego nie potrafię sobie wytłumaczyć, czasem dużo brzydsze dziewczyny bardzo działają, a ta działała, ale tak sobie, może to z winy depresji, ale chyba nie. Po prostu coś musi być jeszcze, nie wiem co. Mój język targał jej blond pasek. Lubię, jak kobiety jęczą, kiedy je liżę. W pewnym momencie zaczęła krzyczeć, po prostu krzyczeć, chyba z podniecenia, ale nie wiem na pewno, chyba jednak tak. Seks jest taki dziwny i głupi. Usiadła mi na twarzy, no doprawdy, jak jej nie wstyd? Potem kilka razy spojrzała na mnie naprawdę przerażona. To było wtedy, kiedy zacząłem ją dusić, ale nie powiedziała, żebym przestał. Co to, to nie. Duszenie. Tak, Sylwio, duszenie to była dla ciebie nowość, duszenie bardzo ci się jednak spodobało. Podobnie jak podobało ci się picie whisky z butelki i to, jak naga stałaś z flaszką w ręku na łóżku z szeroko rozstawionymi nogami, deklamując za mną Jesienina.

Pijże ze mną, suko parszywa
Pijże ze mną
Wykochali cię, wytarzali
Do niemożliwości
Co tak patrzysz siwymi ślepiami
Chcesz w pysk, nie dość ci?

I podobało mi się, że ty myślałaś, że ja żartuję. Nigdy nie żartuję z poezji. Nigdy! Szmato! Poza tym lubiłem te cudowne materace w Marriotcie i to, że po seksie przytuliłaś się do mnie miękko i zasnęłaś. Byłaś kolejnym nic nieznaczącym ciałem. Jak mi nie wstyd?

*

Sylwia naprawdę mnie polubiła, a ja pomyślałem, że powtórzymy to z pewnością, ale teraz musiałem się zająć swoją depresją. Odwiozłem ją do Miasteczka Wilanów, gdzie spłacała jakiś apartament oraz podziemny garaż, tym się w życiu zajmowała, i wróciłem do domu na Żoliborzu. Zastanawiałem się, dlaczego mnie napadła, ta depresja. W mojej głowie już w windzie Marriotta panoszyła się myśl, która przebijała wszystkie inne. Brzmiała: „to bez znaczenia". Otworzyła się jakaś czarna perspektywa mnie i milionów, miliardów lat wokół mnie. Z tej perspektywy wynikało, że „to bez znaczenia". Wszystko. Wstanie z łóżka „bez znaczenia". Ubranie się „bez znaczenia". Wybrandzlowanie się „bez znaczenia". Życie „bez znaczenia". Śmierć „bez znaczenia". Wódka „bez znaczenia". Narkotyki „bez znaczenia". Seks „bez znaczenia". Rozmowy z ludźmi „bez znaczenia". Odebranie telefonu „bez znaczenia". Popadłem więc w rodzaj abulii czy coś. Głęboka wypełniła mnie niechęć do ruszenia ręką, nogą, włączenia komputera, jedzenia, defekacji. Depresja rozgościła się we mnie. Ukojenie dawała mi myśl o Duchu Świętym. Jezus nie działał. Bóg też nie działał. To znaczy ten Bóg Ojciec nie działał. Nie wiem, dlaczego. Jakiś stary i mrukowaty. W sumie leniuch, nie wiem, czy czymś się zasłużył. Duch Święty działał. Myślałem „Duch Święty" i gdzieś we mnie rodziło się jakieś porozumienie, jakaś więź, jakieś przytulenie mnie, jakieś ogrzanie mnie mądrością. Ale to nie wszystko. Narzucało mi się słowo „Świętość" i ono też działało, ponieważ stało się ładem, czystością, spokojem, planem. Było zaprzeczeniem strachu, niewiadomej, zastanawiania się, w którą pójść stronę, co zrobić najpierw, a co po najpierw, a co po kolejnym najpierw, najpierw i dokąd pójść w życiu, bo nie wiadomo, gdzie jest cel i celik. A „Świętość", to wypowiadane przeze mnie bezgłośnie słowo, było startem, drogą i metą jednocześnie. Trwałem w słowie, ale trwałem w depresji. Nie chciałem z niej wychodzić. Kiedy wychodziłem ze słowa „Świętość", natychmiast chciałem się zabić, ale bez działania. Niestety, bardzo trudno zabić się bez działania. Szkoda. Żeby się samo zabiło mnie. Po kilku dniach dogorywania w łóżku, jedzenia, które robiła i przynosiła krcąca głową Ludmiła: „Pan Sławciu, trzeba ruszyć do życia", zacząłem się zastanawiać, skąd weszła we mnie ta depresja. Przecież to było łatwe. Zapomniałem się odblokować po teściu. Bo jest tak, bracia i siostry, że piękne są sterydy anaboliczne oraz godne czci i szacunku. Ze sterydami należy jednak obchodzić się czule, należycie oraz umiejętnie, nie zapominać. One mają swoje humory, a ty jesteś na straconej pozycji, jeśli ze sterydem anabolicznym próbujesz dyskutować. Ty go używasz, lecz on rządzi. Zapomniałem o tym, a on mścił się chęcią odebrania mi życia, bo ja go zlekceważyłem. Straszliwe bywają humory anabolików. Owego czasu waliłem długo cypionat, wstrzykiwałem go w mięśnie. Najlepiej w tyłek, choć samodzielnie nie jest to łatwo zrobić, jeśli się nie ma wprawy. Kupujesz strzykawkę dwa centymetry sześcienne. Igły ósemki i szóstki. Nie kupuj mniejszych. Cypionat jest oleistym testosteronem, który uwalnia się w twoim organizmie tydzień. Jest na tyle gęsty, że igłą piątką go nie naciągniesz z ampułki. Ósemek używaj do naciągania. Zmień igłę na szóstkę, stań przy lustrze i powoli wbij ją w pośladek. Naciśnij tłok. Trochę to potrwa, zanim wszystko zejdzie. Igłą ósemką byłoby szybciej, bo ma większy przekrój, ale bardziej boli i zostawia większe ślady, a jak chcesz walić konkretnie, dłuższy czas, musisz uważać na zrosty. Już w drugim tygodniu poczujesz, mój bracie (o siostrach na teściu nie chcę tu wspominać, gdyż bardzo im rosną od tego łechtaczki, nie wiadomo, co potem mam z tymi rozrośniętymi robić), że jesteś bardziej.

Bardziej wszystko jesteś, bracie. Siła zaczyna wzbierać. Ochota na życie zaczyna wzbierać. Cały czas chce ci się kopulować, co jest piękne lub też cholernie uciążliwe, weź sam sobie wybierz odpowiedź. Możesz wbijać teścia w udo, niby łatwiej, ale udo jest ukrwione bardziej i jak pierdolniesz w żyłę, robi się problem, wylew, siniak, stan zapalny, może być szpital. Stanowczo odradzam walenie teścia krótkiego, jak choćby Propionate, bo zastrzyki musisz robić codziennie albo co drugi dzień. Poza tym po krótkim teściu nadzwyczaj często odwala szajba z agresją. Pewnego dnia, po krótkim teściu w sklepie Auchan na Grochowie, wyciągnąłem zza kasy kasjera, a następnie pobiłem jednego ochroniarza, a drugi krzyczał: „Ratunku!". Stało się tak, ponieważ kupowałem skarpetki stópki Pierre'a Cardina, bo nie wiedziałem, czy mam jeszcze w domu na trening. Zdziwiło mnie, że w takim sklepie są takie skarpetki, ale były, a ja chciałem kupić tylko wielki stek. A kasjer powiedział, że nie ma ceny na skarpetki na skarpetkach i muszę zaczekać albo z nich zrezygnować. Ja. Czekać. Ja. Zrezygnować. On do mnie tak. A ja z agresją buzującą we mnie szczytowo, zalewającą mi cały mózg, agresją, której powstrzymać się nie da nijak, po krótkim testosteronie pomyślałem sobie: „Ożeż ty, kurwo kasjerska!", co nie było racjonalne, powiadam wam, bracia i siostry. Pełno ludzi w sklepie, a ja uznałem, że sprawiedliwe i pedagogiczne będzie, jak wyciągnę go zza kasy za ten jego jebany chujowy krawat owinięty wokół za dużego koszuli kołnierzyka, zniszczonego wielokrotnym praniem, aż miał takie małe pęcherzyki powietrza, co mnie strasznie wkurwiało na krótkim teściu, lepiej nie wbijajcie go. Co też uczyniłem, to znaczy wyciągnąłem go zza kasy, a wcale to nie było łatwe, bo on nogami o coś zaczepił, a mikry był, a miał małą tabliczkę na koszuli z napisem: „Grzegorz, czym mogę służyć?". Czytając ją na głos, sardonicznie, mówiłem następnie, patrząc mu w oczy prosto: „Ceny, śmieciu, nie umiesz znaleźć?". A on uznał na ową chwilę za właściwe chrypiąc, gdyż duszony był krawatem, machając rękoma, gardłem produkować krzyk: „Ochrona, ochrona!". I dobiegło dwóch ochroniarzy, jeden chudy, a drugi gruby. Mnie się zrobiło żal i smutno. Bo los ochroniarza jest taki, jak ta jego marynarka z byle jakiego materiału i wisząca jak worek, i jak te buty rozchodzone, stare, tanie, niemodne, rażące mnie i moje umiłowanie piękna. Chudy był wyrywniejszy i chciał mnie odczepić od krawata. Padł po króciutkim, jak korpokurwy miłość, uderzeniu łokciem oraz nie dawał znaków życia, ale nie to mnie wówczas zmartwiło. Ten brak przyjaźni, lojalności ochroniarskiej, bo wszakże drugi, czyli gruby, także powinien polec w nierównej walce ze mną, koksem, tymczasem napełnił mnie rozpaczą jego pisk: „Ratunku, policja, policja!" i jego wycofanie się na z góry upatrzone pozycje bezpieczne. To było takie dziwne. I ta pani za mną w kolejce, trącająca mnie jakoś i mówiąca: „No co pan, no co pan?". A co ja mogłem odpowiedzieć kompetentnie tej pani? Nie znajdowałem odpowiedzi, tylko jej odrosty zauważyłem i pomyślałem: „Kurwa twoja jebana maciora, z odrostami przyszła na zakupy, no jak można przecież odrosty przynieść do sklepu na łbie?!". I chciałem ją w ten łeb jebnąć, lecz uznałem to za przesadę. Nie wziąłem skarpetek i żadnych rzeczy nie wziąłem, tylko zacząłem sobie w agresywnym smutku wychodzić. Nie wbijajcie krótkiego teścia, powiadam wam. Policja zatrzymała mnie na parkingu, w aucie bmw 750, które tłusto już zamruczało, ale zgasiłem silnik, co znów było smutne. Grzecznie poproszono mnie o wyjście z samochodu i udanie się na posterunek, nawet bez kucia mnie kajdankami, na którym zadeklarowałem dobrowolne wysokie wpłaty dla kasjerowatego krawaciarza chrypiarza oraz dla jebniętego łokciem długo cuconego pana z ochrony za odstąpienie od oskarżenia. Moja propozycja została przyjęta, choć musieli się nacmokać i naopowiadać mi o mnie, jakbym nie wiedział, z kim mam do czynienia całe życie, co za nieprzyjemny, cudowny człowiek, gardząc nim, przyznam, że jakoś mi się podoba. Gdyż zapamiętajcie, bracia i siostry, posiadanie pieniędzy upoważnia do bezkarnego walenia bliźnich po ryjach, co to jest w ogóle za świat? Smutek agresji dalej zjadał moją duszę.

Wróćmy jednak do nieodblokowanego teścia, który był źródłem mojej depresji, a którego waliłem razem z deką, czyli z Deca-Durabolinem, czyli z nandrolonem, też po centymetrze co pięć dni. Deca powodowała przyrost siły i masy mięśniowej i zmniejszała ochotę na ruchanie. Kiedy czasem miałem dość swego osobistego, męczącego, niszczącego grafik dnia i zmuszającego do przekładania spotkań seksoholizmu, wtedy przez kilka tygodni biłem samą decę. I wtedy stawał się cud, chuj mi nie stawał. Kobiety wszystkie przestawały być seksualnymi obiektami. Patrzyłem na ładne dupcie i ładne cycuszki i wiedziałem, bo pamiętałem, że normalnie już bym chciał, bardzo bym chciał, bardzo. Ale tu nie, tu nie, tu nie. W ogóle kobiety po dece były mi impotentne. Lubiłem ten stan wprowadzić w siebie od czasu do czasu, bo miałem spokój, trochę wytchnienia, aż do chwili, gdy zaczął mnie przerażać, że będzie na zawsze, wtedy kończyłem to przerażony stratą niedymania wiszącą nade mną potencjalnym flakiem Damoklesa, czy coś. Ciekawe miałem z decą też takie uczucie, które jest trudne niebywale, że przy dłuższych zwiększonych dawkach, kobiety mnie brzydziły całkiem. Całkiem, całkiem. Chciało mi się rzygać, jak na nie patrzyłem. Ale nie przesadzam wcale, fizjologicznie chciało mi się rzygać, z brzucha przez gardło. Myślało mi się samo niechcący o tym, co jest w ich ślimakowatych cipach, o okresach, tamponach, podpaskach, jelitach, potach, syfach. To było dziwne i trochę zabawne. Bo one obok mnie prężyły się na spotkaniach, lunchach, siłowniach uwodzicielsko, kokieteryjnie dając znak, że kto wie, kto wie, a ja uśmiechałem się, bo one były mi owego czasu odpychające i przez to z tym kontrastem ich uwodzenia głupie. Przez jakiś czas tak się działo. Potem mnie to przerażało i kończyłem z tą decą, od której berło nie robi. O tak bracia, od samej deki bez podawania z teściem przestaje się krwią napełniać kutasidło. Sprzęt twój może wyłącznie wtedy na pół flaka robić, czego dobrze jest być świadomym, aby do rozczarowań jakichś nie dochodziło. Kiedy więc wpierdalasz sobie w mięśnie przez kilka miesięcy testosteron, to twój organizm przestaje produkować testosteron. Całkiem. Bo on, ten organizm myśli, że nie musi. I kurczą się jądra. I kiedy po kilku miesiącach, mimo bicia dobrych dawek teścia, pojawiają się kłopoty z hydrauliką twą, wiedz, że czas na odblok. Bo jak nie, polecą mięśnie, bo jak nie, dopadnie cię samobójstwa chęć, życiem znudzenie. Kurwa, jakie to bywa smutne. Wszystko to mnie dopadło. Więc zadzwoniłem do Szarego, żeby mi przywiózł HCG, bo Szary miał dobry i miał termos. A trzeba w niskich przechowywać temperaturach ten HCG, o czym nie każdy wie, a przegrzany HCG nie działa, podobnie jak hormon wzrostu, ale to inna historia. Hormonu wtedy akurat nie biłem. Więc przyjechał Szary i wszystko mi dostarczył. To dobry chłopak, przywiózł nawet strzykawki insulinówki z takimi małymi igiełkami, co nie boli nic, jak w tkankę tłuszczową na brzuchu dźgasz. Więc zmieszałem rozpuszczalnik z jednej ampułki z proszkiem w drugiej i poczekałem trochę, zanim naciągnąłem. Wbiłem pierwszą dawkę i po paru godzinach poczułem, jak w moich jądrach coś zaczyna się wiercić. Bo ten hormon, gonadotropina kosmówkowa, produkowany przez kobiety w ciąży, spowodował przyspieszoną produkcję testosteronu w mosznie, tak sprowokował mi jądra, pobudził. To był dobry znak. Już wiedziałem, że jestem uratowany. Kamienna depresja, o czym wiedziałem, miała mnie trzymać jeszcze parę dni. Ale poczułem się, jakby już nie trzymała, więc zatelefonowałem do Ilony, która miała na tyłku wielki tatuaż z kolorową żabą, która wypuszcza język w kierunku środka pupy. Lubiłem patrzeć na ten tatuaż, jak się żaba rusza. Ilona miała swoją firmę z grafiką komputerową i zwyczaj przysyłania mi SMS-ów: „Nie nakarmiłbyś żaby?". Ilona nie robiła żadnych problemów, nigdy niczego nie chciała, czasem załatwiałem jej jakieś bilety na imprezy. Mieszkała w swoim apartamentowcu w Miasteczku Wilanów i była optymizmem tak po prostu. Posiedzieliśmy w restauracyjce Basico, bo ona lubiła tam pizzę na cienkim cieście, a ja nie lubiłem ich makaronów, bo moje kubki twierdziły, że są chuja warte. Lubiłem się tam upić, ale Ilona tego nie lubiła, bo potem nie mogłem skończyć. I tarmosiłem tego wieczora żabę przez kilka godzin, bo trochę się jednak upiłem. A Ilona mówiła: „Sławciu, miej Boga w sercu, żabę zamęczysz". Ilona była trochę moim przyjacielem, widziała mój smutek i chciała, żeby sobie ode mnie poszedł. Mówiłem jej różne rzeczy, przeważnie prawdę, bo czasem najłatwiej mówi się takie rzeczy osobom, które się lubi i na których nic a nic ci nie zależy, co miałem sobie nieco za złe, ten brak uczuć, że ją lubię, ale mi powiewa. Dlaczego taki byłem? Nie wiem. Tak nie powinno być. Wziąłem wcześniej całą tabletkę cialis, co to działa jak viagra, bo nie byłem pewien, czy HCG już zacznie działać wieczorem. Ale chyba zaczęło. Moje berło było sztywne jak konar, a jądra zaprzęgnięte do pracy wyprodukowały tyle nasienia, że Ilona bardzo kasłała. Była w sumie jednak bardzo zadowolona i jej żaba także, i śmiały się obie do mnie szczerze, i dziękowały za wizytę. A ja jak zawsze miałem wszystko w obojętności już pod kontrolą. Moja depresja znikała.

*

Janek był mi winien kolację, więc pojechaliśmy do Domu Wódki koło Teatru Narodowego. Było tam pianino, które samo grało i same ruszały się klawisze. Jak się nawaliłem, to zawsze myślałem, że to duchy. I krzyczałem: „Duchy, duchy!", a kelnerzy się uśmiechali, bo zostawialiśmy tam mnóstwo dwustuzłotówek. Naciągali nas na jakieś wódki, które niby specjalnie były robione do jakichś potraw, mieli wklepane w te głowy jakieś pseudofilozoficzne gadki o tych wódkach i potrawach, i smakach, i nutach, i sposobie ich destylowania, i która na co pomaga. Chętnie tego słuchaliśmy, choć zasadniczo chodziło nam o to, żeby się najebać. Janek tak w ogóle to biegał jakieś kilometry, ale nie maratony i nie był sznurkiem maratonowym, tylko takim półkoksem w zasadzie, coś tam z żelastwa na siłowni przerzucał.

Dobrze wyglądał. Był redaktorem naczelnym tabloidu, więc o życiu wiedział tylko złe rzeczy. Żadnych dobrych. Uważał, że nie istnieją. O ludziach myślał same złe rzeczy i to bardzo nam ułatwiało porozumienie. Rozumieliśmy się bez słów, mogliśmy razem milczeć i nie czuliśmy skrępowania. Przyjechał po mnie samochodem. Swoim audi S6, ponad 450 koni mechanicznych. Ładnie mruczał. Dzwoniła właśnie do niego aktorka Ewa Przywierska, chyba też piosenkarka. Tak się przynajmniej wyświetliło na jego wielkim wyświetlaczu w audi S6. To znaczy nazwisko wyświetliło się, a nie, że chyba piosenkarka. Nawet mnie to zdziwiło, bo pani Ewa zaledwie kilka dni temu udzieliła telewizyjnego wywiadu po wygranym z gazetą Janka procesie, w którym opowiedziała o nim rzeczy standardowe, że jest nikim, hieną, że niszczy ludziom życie, że żeruje na nieszczęściu i niszczy prywatność osobom spokojnym, dobrym oraz miłym, i że powinien skończyć albo w piekle, albo w więzieniu. Ten temat, temat Przywierskiej był już kiedyś poruszany przeze mnie w rozmowie z Jankiem:

– Janku, dlaczego ty jesteś taki niedobry i niszczysz pani Ewie życie? – zapytałem go wówczas.

Pani Ewa została pokazana przez gazetę Janka ze wszystkim na wierzchu. Zdjęcia zostały zrobione na Dominikanie na jednej z plaż. Pani Ewa chciała kreować swój wizerunek jako kobiety bogobojnej, ale bobra miała wydepilowanego. Według mnie bogobojne niewiasty powinny mieć zarośniętego bobra, ale Janek się z tym nie zgadzał. Janek uważał, że depilacja bobra ma się nijak do bogobojności. Może miał rację? Kiedyś dość długo rozmawialiśmy o zawiłościach kobiecych depilacji i jej konsekwencjach. Nie doszliśmy do porozumienia, ponieważ ja od czasu do czasu lubiłem włochatą puknąć, a on nie.

– Sławciu, przecież te zdjęcia zostały zrobione na ogólnodostępnej plaży, nie na żadnej prywatnej, czemu miałem ich nie pokazywać? Ona myślała, że nikt jej nie widzi, ale to była publiczna plaża. Poza tym jest całkiem, całkiem, można byłoby ją pougniatać. I zapamiętaj, że misją prasy jest wypełnianie funkcji kontrolnych i informacyjnych – zakończył Janek.

– Kto ci ją sprzedał? – spytałem.

– Jej najlepszy przyjaciel z zespołu, ale to oczywiście tajemnica. Najlepsi przyjaciele to największe kurwy, Sławciu, będziesz pamiętał?

– Naturalnie. *Kogo kochasz najbardziej, zagadkowy człowieku? Powiedz: ojca, matkę, siostrę czy brata? – Nie mam ojca ani matki, ani siostry, ani brata. – Przyjaciół? – Znaczenie tego słowa do dzisiaj pozostaje dla mnie nieznane.* Chciałem ci powiedzieć, Janku, że nie jesteś żadnym moim przyjacielem, jesteś zwykłą hieną i brzydzę się tobą – mówiłem i recytowałem.

– Sławciu, ty cytujesz Baudelaire'a, ty? Czytałeś i pamiętasz? Myślałem, że tylko ruchasz i siedzisz na siłowni. – Pan redaktor kręcił głową.

– Dużo czytam w czasie ruchania. To bardzo zaskakuje kobiety – odparłem.

Janek zaczął się głośno śmiać i w takim humorze nacisnął słuchawkę telefonu w kierownicy. Zestaw głośnomówiący sprawił, że słyszałem rozmowę.

– Dzień dobry, pani Ewo. W czym mogę pani pomóc? – rozpoczął.

– Wiem, że panu się to może wydać dziwne, że do pana dzwonię, po tym procesie, ale mam pewien problem. – Głos pani Ewy był niepewny, lekko zawstydzony.

– Czemu miałoby mi się wydać dziwne? Ludzie bardzo często do mnie telefonują z prośbą o przysługę, nawet jeśli publicznie nazwą mnie wcześniej hieną i kanalią. O co pani chce mnie prosić? – Janek potrafił być totalnie wyluzowanym skurwielem. Gdyby nie błąkający się w kąciku jego ust uśmieszek, mógłbym w nim widzieć wcielenie nowego Humphreya Bogarta.

– Bo to wszystko nie jest tak, jak pan myśli – powiedziała.

– Myślę, że w wyniku przegranego procesu, który mi pani wytoczyła, zapłaciłem pani za gołe zdjęcia dziewięćdziesiąt tysięcy złotych. Wiem, że jak rozbierała się pani do „Playboya" zapłacili pani pięćdziesiąt. Przepłaciłem, bo w sądzie odegrała pani scenę z płaczem i ściąganiem butów. Ponoć ma pani chory kręgosłup. Nie ma pani. Grała pani dla kasy i dostała ją pani. To właśnie myślę, coś się nie zgadza? – Logiczne myślenie bywa jak siekiera. Janek ścinał.

– Ale wszystkie te pieniądze wziął adwokat, oszukał mnie, pokazał mi umowę, z której wynikało, że mu się należy, a ja ją podpisałam wcześniej. – Prawie płakała.

– Ten kutasik w todze zawsze zabiera wam wszystko, trzeba było spytać kolegów, niemniej bardzo pani współczuję. Zadzwoniła pani z prośbą o podtrzymanie na duchu, czy chce pani pożyczyć ode mnie jakąś sumkę? – Bawił się nią, jak kot zamroczoną myszą.

– Chciałabym prosić, żeby pomógł mi pan wypromować moją nową płytę, która wchodzi na rynek za dwa tygodnie – powiedziała i zaległa cisza. Cisza. Cisza. Cisza.

– Dobrze. Pomogę pani. Zrobimy tak. Jutro pójdzie pani do Galerii Mokotów. Wybierze pani sklep z ubraniami, wejdzie pani do przebieralni i zostawi uchylone drzwi czy zasłonę. Fotoreporter zrobi pani zdjęcie cycków i tyłka w stringach. Mają być stringi, chcę to widzieć. I cycki na wierzchu, żadnego stanika. Dostanę od pani pozwolenie na piśmie, że mogę opublikować te zdjęcia, o czym nikt się nie dowie. W wywiadach może pani zapowiedzieć kolejny proces ze mną i powtórzyć, że jestem kanalią, a ja dam pani dwie strony w najlepszych wydaniach promujących pani płytę. Jeszcze jedno, pieniądze pani dostała, ale przeprosin nie będziemy drukować, jeśli chce pani promocji. Materiał z promocją ukaże się też na naszych stronach internetowych, jedenaście milionów unikalnych użytkowników. – Janek był już chłodnym biznesmenem.

– Jak pan śmie, pan chyba żartuje?! – oburzyła się pani Ewa.

– Nie, nie żartuję. Jutro o godzinie dwunastej w Galerii Mokotów. Fotoreporter panią znajdzie. Zapamiętała pani wszystko? – Kochałem Janka, ponieważ Janek był chujem z zasadą „damy traktuj jak kurwy, a kurwy jak damy".

– Dobrze. Ale chcę, żeby pan wiedział, że zrobię to tylko dlatego, że wszyscy mówią, że pan zawsze dotrzymuje słowa. – Pani Ewa dość dziwacznie uzasadniała sobie, że właśnie zgodziła się sprzedać własną dupę.

– Owszem, dotrzymuję. Cieszę się, że pani zadzwoniła. Płyta pięknie się sprzeda. Gwarantuję. Miłego dnia. – Janek przerwał rozmowę.

– Kurwa, nie wierzę, gdybym tego nie słyszał, nie uwierzyłbym – powiedziałem.

– Ciebie co dziwi? *Ludzi dobrej woli jest więcej i mocno wierzę w to, że ten świat nie zginie nigdy dzięki nim* – Janek zaintonował Niemena, a pobrzmiewało to kpiną pieśni *Janek Wiśniewski padł* śpiewaną przez esbeków w *Psach*. Słowa: *Przyszedł już czas, najwyższy czas nienawiść zniszczyć w sobie* wyryczeliśmy już razem...

*

Kiedy weszliśmy do pokoju 502 w tanim hotelu Feliks w Warszawie, który był dość bezpieczny, bo nocowali tam prawie wyłącznie gówno warci handlowcy, którym się wydawało, że trzęsą światem, i inni nieudacznicy z apetytem na stolicę, to Kasia nie była Kasią. Nie była tą zestresowaną, niepewną Kasią „boję się, że ci się nie spodobam" z debilną sukienką z pieskiem o proszących oczkach. To znaczy sukienka była ta sama. Ale w Kasi nie było nawet cienia niepewności. Kiedy zamknąłem drzwi i odwróciłem się do niej, na moją głowę niespodziewanie spadł grad uderzeń.

– Powiedz, co takie zero jak ty może zrobić dziewczynie z Grochowa? Śmieciu w garniturku! – krzyczała i biła mnie, chociaż nie byłem w garniturku, tylko w marynarce od Calvina Kleina, którą przywiozłem z Nowego Jorku.

Trochę mnie drażniło, że nie odróżnia takich rzeczy. Odruchowo złapałem ją za szyję lewą ręką i podniosłem do góry tak, że palcami ledwo dotykała podłogi. I spojrzałem w jej niebieskie oczy. W tych oczach, ku mojemu zdziwieniu, odnalazłem esencję radości. Podnieconą radość wyczekującą jeszcze większej radości, mimo że porządnie dusiłem jej szyję solidną dłonią. Może właśnie dlatego, że ją dusiłem? Nie powinno się trzymać za szyję kogoś, kto ma w oczach tyle szczęścia. Ta radość była zbyt piękna i każdy chciałby ją dzielić. Więc puściłem, więc to był błąd, więc uderzyła mnie całkowicie nieprzygotowanego w przeponę. Mój Boże, oczy wyszły mi na wierzch. Kto by się spodziewał, że ten grochowski obciąg może mi tak przywalić tymi swoimi śmiesznymi piąstkami. Przywalił. Nie mogłem złapać powietrza. Pchnęła mnie na łóżko i rozpięła rozporek. Bracia i siostry. Siostry i bracia. Ona mi to wszystko zrobiła. Nad tym fragmentem mojego ciała pochylano się tysiące razy bardzo różnymi wargami i językami świata. Lecz to nie było pochylenie. Był to spływ rzeką Zambezi.

W korycie rzeki pieniła się najczystsza adrenalina świata. Ponton wpadał w kipiel ust, to usta wbijały go pod powierzchnię, to usta go ratowały, kiedy nie mogłem złapać oddechu. Wybawiające, niszczące. Usta. Kasia udowadniała właśnie, że jest warta olimpijskiego złota, wpisu do *Księgi rekordów Guinnessa*, Pucharu Ligi Mistrzów i Oskara. Brutalna, czuła, demoniczna, skromna, łapczywa, powściągliwa, nienasycona, wszystko jednocześnie. Nie było w niej nawet odrobiny przymusu robienia laski, tego obciągania na odwal się, nie było szarpania sprawiającego, że mówisz jakiejś korpokurwie: „Dobra, dobra, to już lepiej sam sobie zrobię". Instrument w dłoniach i ustach wirtuoza. I spłynęły Wodospady Wiktorii po śmiejących się białych zębach.

– Sławciu, ale ty możesz jeszcze kilka razy?

– Tak, Kasiu.

– A wiesz, Sławciu, jak się kochamy, to możemy sobie mówić, że się kochamy, ja mogę ci powiedzieć: „kocham cię", a ty, jakbyś chciał, też możesz mi powiedzieć: „kocham cię", bo tak normalnie to nie możemy tego mówić, bo takie są zasady, ale tu możemy, nawet tak na niby, dobrze?

– Dobrze, Kasiu.

– Kocham cię, Sławciu.

– A ja cię nie kocham, obciągu.

– To nieważne, Sławciu, ważne, żebyś był. Tylko tyle chcę, żebyś był. To mi wystarczy za całe szczęście.

– Będę, Kasiu, myślę, że jakoś będę.

*

Kiedy próbowałem ubrać w słowa wszystko, co robiliśmy z Kasią w pokoju 502 tego dnia, pierwszy raz z nią, zawstydzony stwierdzałem, że wiele rzeczy w słowach wychodziło perwersyjnie i odstręczająco i wstydziłem się tego, i wstydzę się, jak to wam teraz opisuję. Jak choćby to, że chciała, żebym nasikał jej na twarz. I była tym bardzo podekscytowana, i bardzo się tym cieszyła, jakby czekał na nią prezent. A ja stałem przed nią i czułem się jak dzieciak w publicznej toalecie przy za wysokim pisuarze, któremu bardzo chce się siku, ale nie może, bo jest jakaś blokada, strach jakiś, że tylu ludzi patrzy, że nie można poluzować mięśni i nic nie leci.

– No, dawaj, lamusie, i na piersi też mi nalej – zachęcała.

Nie wiem, jak to wytłumaczyć, chyba nie potrafię, bracia i siostry, nie wiem, co zrobić, byście mi uwierzyli, ale nie było w tym wszystkim niczego brudnego, niestosownego, brzydkiego. Niczego. Sam nie mogę w to uwierzyć. Dzięki niej wszystko było czyste i naturalne, jakby zło i brud nie mogły się do niej przykleić, jakby to wszystko było pierwsze, jakby Ewa nie ugryzła jeszcze jabłka. Kiedy po kolejnym ostrym razie leżała na wykładzinie i wiła się po kolejnym orgazmie, bo Kasia przeżywała orgazm, odpychając mnie i wijąc się, i trzęsąc, i krzycząc, i wyzywając mnie najwulgarniej na świecie, co bardzo mi się podobało i często na nią wtedy kończyłem, ale nie wtedy, bo wtedy kopałem ją po całym ciele, a ona prosiła:

– Mocniej, mocniej, tylko nie po głowie, Sławciu. Wtedy ze szczęścia i wzruszenia popłynęły mi łzy w pokoju 502. Byłem absolutnie szczęśliwy, kopiąc ją po plecach z całej siły, aż słyszałem dudnienie żeber i płuc. Miałem to, wreszcie to miałem. To było wyzwolenie. Z siebie wyjście, wylewitowanie. Skończyli się Stonesi *I can't get no satisfaction*. Może nawet ukłuło mnie coś w rodzaju *Trwaj chwilo, jesteś piękna*. Właśnie to miałem w tych sekundach, na to czekałem całe życie. Całe swoje zasrane życie. Nie musiałem się trzymać niczego w myślach, mowie, uczynkach i zaniedbaniu. Niczego nie musiałem się łapać i niczym podpierać. Kopiąc kurwoanioła, byłem wolny. Byłem wolny. Byłem wolny... W tych sekundach zajebałem wszystkie swoje demony. Całą armię demonów, która w każdej chwili walczyła przeciw mnie. Siedziałem nago w fotelu, trzymając dłońmi głowę, i chciałem to wszystko zatrzymać. Chciałem zatrzymać czas, żeby się jebany nie ruszał. Żeby stanęło wszystko i żeby się nie ruszyło już nigdy, nigdy. Ale się nie udało. Kasia ubrała się, przytuliła i z wdzięcznością powiedziała:

– Muszę jechać po synka, kochanie. Ale mi dojebałeś, Sławciu. Ja sobie to wyśniłam, wymarzyłam. Ciebie sobie wyśniłam. Nie będę mogła jutro chodzić.

*

Krzysztof był teraz szczupły i przystojny. Całkiem niedawno był gruby, misiowaty i cipowaty. Krzysztof miał prawie 40 lat. Siedział ze mną i z Jankiem w Domu Wódki. Piliśmy, ale spotkaliśmy się w interesach. Z Krzysztofa, naszego starego druha, zawsze lekko się naśmiewaliśmy, bo misio był bardzo rodzinny, bardzo kochał żonę, wcale niebrzydką kobietę, którą ze sobie znanych powodów uważał za piękność i zanudzał nas historiami o trójce dzieci. Taki family man. Śmialiśmy się z niego ciepło, bo był nasz, krzywdy mu nikt nie robił, może trochę mu zazdrościliśmy? Żeby przez jeden dzień chociaż z ciekawości zobaczyć, jak to jest, gdy się ma żonę do kochania i dzieci, które nie wkurwiają i nie ograniczają. To jednak już przeszłość. Teraźniejszość prezentowała się tak, że Krzysio wziął dietetyka, bo go namówiła żona, trenera personalnego i fryzjera, i krawca, i nas słuchał, co było złe. Zrzucił trzydzieści kilogramów. A my go poprowadziliśmy po swojemu, pokazując kilka warszawskich burdeli z dziewczynami naprawdę pięknymi i on przestał kochać własną żonę. Przestała być dla niego, szczupłego, przystojnego, bogatego, bo Krzysztof był prezesem pewnej zachodniej firmy księgowej w Warszawie, w oddziale na Polskę, atrakcyjna. Pogonił ją z dzieciakami, płacąc wysokie alimenty i mówiąc o niej źle, że to tłusta, głupia kuchta, choć dopiero co grubasem będąc, budował jej ołtarze. Pianino grało samo i ruszały się klawisze w Domu Wódki, a ja zacząłem:

– Jest więc zlecenie na prezesa spółki ubezpieczeniowej powiązanej ze Skarbem Państwa, Mirosława Wróbla lat 38, którego chyba znacie.

Skończył szkoły, trzymał się polityków i politycy załatwili mu tę pracę. Chuj by to kogo obchodziło, lecz niestety Wróbelek nasz zaczął kozaczyć. Jego spółka ma udziały w kilku spółkach giełdowych, może formalnie i nieformalnie wpływać w tych spółkach na obsadę zarządów i rad nadzorczych. Chuj by to kogo obchodziło, gdyby koleś nie chciał tego ruszać. Ale chce. Chce grzebać w zarządach i radach nadzorczych. A to są pieniądze i to są duże pieniądze, i to są różne interesy krzyżowe, które oznaczają jeszcze większe pieniądze, więc trzeba go jebnąć, bo jest zlecenie. Zlecenie, Janku, jest między innymi od Krzysia, który jest obecnie w kilku radach nadzorczych i zarabia nie na tym, że bierze udział w posiedzeniach i pan Mirek go w tych radach nie chce. – Krzysztof przytaknął, Janek słuchał z miną, z której można było wnioskować, że z tej miny nie da się wyciągnąć żadnych wniosków. – Popracowaliśmy z Krzysiem oraz kilkoma detektywami i wyszło na jaw, że nasz rodzinny katolik, który dzieci posyła do katolickich szkół, i który pokazuje wszystkim politykom, że jest katolikiem, więc dobrze, że mu dali pracę, że ten nasz Mirosław Wróbel, absolwent Cambridge, jest pedałem, pedziem, pedrylem, ciotą oraz parówą. Raz na jakiś czas jedzie ze swoim dyrektorem, z którym znają się jeszcze ze studiów, do Barcelony. Biorą zawsze pokoje w czterogwiazdkowym hotelu Barceló Sants, nad dworcem kolejowym Sants i tam się pierdolą przez kilka dni. Łażą po La Rambli, trzymając się za ręce. Wylatują razem za trzy dni. Mamy ich maile i SMS-y, których nie zdobyliśmy w sposób legalny, więc nie możemy rozpowszechniać wiedzy, jak to pedzie wyznają sobie ajlawiu. Trzeba ich jebnąć, Janku, to ci się opłaci – zwróciłem się do Janka.

– W jakim sensie „ich jebnąć", w jakim sensie „Janku, to ci się opłaci", w jakim sensie ma być w to zamieszany Janek? – spytał Janek.

– Zlecenie jest warte ponad bańkę, możemy ci zapłacić, możemy załatwić ci reklamy do gazety, możemy być ci wdzięczni, możemy być ci winni przysługę. Ty pewnie nie chcesz dla siebie pieniędzy, bo jesteś głupi od dawna, ale zapłacimy za twoją ekipę w Barcelonie. Wyślij freelanserów, jeśli przyłapiesz pedziów i opublikujesz materiał o pedale, katoliku, panu prezesie, zniszczysz mu życie i karierę, i możesz żądać czego chcesz.

Krzysztof przytaknął, powtarzając:

– Czego chcesz!

– Chcę tylko jedno: listę wszystkich osób, które chcą upierdolić pana Mirka i z jakiego powodu – powiedział Janek.

– Po co ci lista? – zapytałem.

– Gówno cię to obchodzi, Sławciu. To jak? – odparł.

– Ty jesteś niebezpiecznym, na cztery kopyta kutym kutasem, Janku – oceniłem.

– Wyczuwam pokrewieństwo dusz – powiedział z twarzą bez miny.

– Dam ci tę listę, ale nie dostałeś jej ode mnie i nigdy nie będziesz mógł się na nią powołać. Zgoda? – negocjowałem.

– A czy niedźwiedź sra w lesie? – Janek zakończył negocjacje.
– Janku, dlaczego nie chcesz pieniędzy, przecież nikt się nie dowie – zastanawiał się Krzysztof.
– Krzysiu, ta lista to kilka walizek pieniędzy, rozumiesz? – wyjaśniłem Krzysiowi, gdyż mózg też mu widocznie schudł. Teraz mogliśmy się już najebać, co też uczyniliśmy ku zadowoleniu naciągających nas kelnerów.

*

Ja ją całuję Karolinę w policzek w siłowni przy Ostrobramskiej, która 24 godziny na dobę czynna jest. Lubię to, bo czasem godzina mi się zmieni w organizmie, strefa czasowa z Nowego Jorku na przykład, jet laga jak mam albo jakiegoś zabijania się substancjami chemicznymi odcinającymi świadomość, to mogę pójść na tę siłownię i wszystko wyregulować sobie, wypocić się, bo ona jest otwarta zawsze. I Karolina też jest otwarta. Obejmuję ją więc w talii, a ona, suczka, wypręża się, moja dłoń lekko zjeżdża na jej pośladek, a ona mówi:
Sławciu...
– Nie widziałem cię, kochanie, ostatnio – mówię ja.
– Żebra sobie usuwałam, musiałam dwa miesiące pauzować – mówi ona.
– Żebra? – pytam ja.
– Żebra, wiesz, chodzi o to, żeby mieć talię wysoką, naprawdę szczupłą – odpowiada ona.
– No wiem, no właśnie przecież o to w życiu chodzi, bo niby o co? – potakuję ja.

Ona taki grymas robi na twarzy, który chyba powinien być trochę uśmiechem zalotnym, ale dla mnie jest groźbą. Groźbą, że ten ponaciągany operacjami plastycznymi ryj zaraz mi tu wystrzeli. Że w moją stronę. Że mi to jebnie wszystko w twarz, a nie wiadomo, co jest pod spodem. Nie wiadomo, jakie mi zrobi uszkodzenia, czy te płynne pod jej policzkami coś, po prawej stronie zoperowanego nosa i po lewej stronie zoperowanego nosa, jak mi eksploduje w oczy, to czy nie oślepnę. Poczułem jakby zefir obawy, lecz trzymam się twardo, mając jednak w świadomości, że ona ma zoperowane wszystko, z takim rozmawiam człowiekiem manekinem, kobietą warszawską, nowoczesną drogą. Tyłek zoperowany wkładkami silikonowymi i piersi tak samo. Uszy zrobione i usta, i kości policzkowe oraz czoło po botoksie. I odessany tłuszcz na udach i brzuchu, które sprawi to cudowne odessanie, że nigdy więcej ten tłuszcz się nie pojawi w tych miejscach, bo nie ma już tych komórek, bo odessane. I ona wygląda z wyglądu tak pięknie, że fatalnie. Jest cudowną hecą, pośmiewiskiem, czyimś marzeniem. Na pewno chciałbyś to ewentualnie zaliczyć z ciekawości i żeby w męskiej szatni kolegom koksom jebniętym jak ty powiedzieć i pokazać zdjęcia na smartfonie, jak ją dojeżdżasz, czy coś z nią czynisz pornograficznie wesołego. Ha, ha, ha. Ha, ha, ha. Już nie wiem, co w moim życiu nie jest pornografią, skoro spotykam się z ludźmi na poziomie, bogatymi, więc najgorszymi, najbardziej cynicznymi, co mi przeszkadza bardzo, ale nauczyłem się z tym żyć. Szkoda.

– Zmartwienie jakbym widział w twoich oczach – mówię do sztucznej inteligencji blond z podniesionymi chirurgicznie powiekami.

– Od Dominika musiałam odejść – zwierza się ona.

– Ojej, a dlaczego? – udaję troskę, bo mnie to nie interesuje, już bym serię zrobił na klatkę piersiową, ciężar 190 kilogramów założyłem, powinienem wypchnąć ze trzy razy, łokieć mnie boli prawy, ale obecność tej suki sprawia, że chcę jej pokazać, że pójdzie, gdyż jestem koksem nakoksowanym, a nie, kurwa, szczypiorem od biegania po lesie, na warzywach eko, wyciskającym z owoców soczki, spijającym sojową latte w pedalskim odzieniu stołecznych pedałów. Podchodzę więc do ławki i proszę koksa drugiego, żeby za mną stanął i mnie przyasekurował, żeby mi pomógł, jakby co. A suka patrzy zainteresowana, czy mi się uda. To jednak bardzo pomaga w życiu, jak się możesz plebejsko, bezwstydnie popisać, że jesteś starannie wykształcony, że angielskim napierdalasz swobodnie i rozpoznasz, jaki akcent ma ktoś, kto mówi, że z dobrego domu wyniosłeś dobre maniery, że jesteś oczytany, że znasz języki, że najdroższe sobie apteczne wbijasz sterydy, a nie ruski metanabol, że czytałeś noblistę tegorocznego, co o nim świat nie słyszał i dopiero teraz tłumaczą go tłumacze pospiesznie, że masz dojście i w kieszeni najczystszą kokainę w mieście, a nie syf rozrobiony z aspiryną przez chujki dilerki, co to kombinują na krótką metę, a potem idą do więzienia i nie wiedzą dlaczego, bo ich klient oszukany, podpierdolił, bo został oszukany, i że ślizgasz się fureczką drimem w ciuszkach, że *Litania loretańska*, że sami sobie wstawcie bracia i siostry, czym się popisujecie albo byście przynajmniej chcieli, ale was nie stać. Co za żałość. Żeby się popisać wypchnę 190 kilogramów z klatki trzy razy. Mam dobrą motywację – jej opięte legginsy na dupie z wkładkami silikonowymi, mój mózg w tej części niemyślącej chce ją mieć – dochodzę do 190 kilogramów i kładę się na ławce, a ona patrzy, Karolina, ja ściągam ciężar ze stojaka i idzie. I idzie. I idzie trzy razy, co jest wynikiem dobrym naprawdę, nie jakieś heheszki. Poszło. Ona na mnie patrzy z podziwem, uznaniem, a ja myślę sobie: „Boże, czemu ja jestem taki jak jakiś człowiek? Boże, uratuj mnie ode mnie. Daj mi jakiegoś innego mnie". I przypominam sobie na siłce ojca i matkę, jak mnie uczyli angielskiego, greki, łaciny, co jest dziwne, jak mi się takie rzeczy przypominają w różnych dziwnych miejscach i momentach, ale czy to zależy ode mnie? Jak musiałem z nimi czytać wiersze i je analizować, i poznawać komentarze dotyczące tego, że Przesmycki Miriam odkrył Norwida. Nauczyli mnie tym Miriamem dekadentyzmu i pamiętam wiersz jego do dziś, bracia i siostry, przeczytajcie raz jeden w życiu wiersz, a nie tylko o koksie i ruchaniu. Tu wam daję okazję niepowtarzalną.

W co wierzyć dzisiaj, gdy wszystko upada
W co wierzyć dzisiaj, kiedy błoto tryska
Aż do słonecznych promieni ogniska
Gdy zwątpień jadem zatruta biesiada?
W co wierzyć, kiedy światło nam nie błyska
Choć mgły już pierzchły? Nikt nie odpowiada
Wątpić nam trzeba! Tłumy jęczą: „biada!"
Patrząc na złudzeń swych dawnych zwaliska.
Wszystko zbryzgane rozczarowań kałem
Za dużo wiemy i za mało razem
I każdy woła dziś w zwątpieniu stałem:
„Gdziem był przed wieki, tam do dziś zostałem
Nędznym robakiem, nie Boga obrazem
Daremną pogoń jest za ideałem!"

Ja jednak wyszukiwałem wyłącznie wersy takie jak: „wszystko zbryzgane rozczarowań kałem" i zapamiętywałem, niestety takie. Po lekturze dekadentów za wcześnie zrozumiałem, że piekło jest tutaj, że tutaj torturuje się rakiem dzieci, i że każe się na nie patrzeć, gorzej już nie będzie. Gorzej już nie będzie nigdzie, to tu jest Auschwitz i GUŁag, a piekło to dla mięczaków, pożyć trzeba po swojemu. Bardzo mnie chwalono w młodości za subtelność rozumowania i niuansowanie oraz bogactwo słownictwa, ale wolałem marzyć, żeby do bmw wsiąść, 190 kilogramów dźwignąć, ciało zaliczyć, mieć orgazm na galaktycznej kurwie. Taka konstrukcja. Może się do tego nie przyznawać publicznie? Ja po prostu wolałem i wolę zginąć w ogniu, ućpany na kurwie, wpierdolny swoim bmw 750 centralnie w czołg tira, zadźgany nożami gangusów, niż jak ten bidus Norwid, jebany nieudacznik wierszoskładacz borczon, bej bez grobu, co on nawet nie pożył, a umarł. Ona z podziwem, że Sławciu, Sławciu, jaki z ciebie koks, 190 kilogramów to tu nikt prawie nie dźwiga, niesamowity jesteś. Ale mnie się jej racjonalną częścią mózgu nie chce, bo to bluszcz pasożyt. Pamiętam naszą rozmowę sprzed jakiegoś czasu, takie żarty, żarciki. Mówię do niej, że pojedziemy do mnie do domu, mam dobre wino i whisky, a ona rozluźnia się i pyta co jeszcze. Opowiadam, że pełną lodówkę mam owoców morza, więc może coś ugotuje, przyrządzi, a ona napina się w jednej chwili: „Ale ja nie gotuję", obraża się, jakbym pytał, czy jej matka mi obciągnie oraz siostra. „Ale w ogóle?", „W ogóle, nie jestem kucharką" – twierdzi ona i nic chwilowo nie mówię, bo staram się unikać bycia chamem, z różnym skutkiem, lecz się staram. Ona mi potem też wylicza, że nic nie robi w domu i nie będzie nic robić nigdy, ani gotować, ani prasować, ani do pralki nie wrzuci, ani odkurzacza nie weźmie. Gdyż ona jest oną, Karoliną o taką, weź sobie zobacz, bez żeber. Co za chwast, myślę sobie, przecież nie będę go wyrywać. W ogóle niespecjalną mam ochotę z takim czymś, chociaż może trochę z ciekawości, czy w tym czymś Karolinie jest trochę kobiety? Ona szuka sponsora, a ja w to nie wejdę, nie z powodu oszczędności, tylko braku tu świeżości. Przebieg ma duży i już się nią w męskiej szatni chwalono, więc nie zrobię wrażenia, widziałem zdjęcia na smartfonach jak klęczy.

Zostawiam ją samą ze sobą, a jej mina wskazuje, że operacje plastyczne bardzo niszczą mimikę. Idę do szatni wykąpać się, przebrać, poperfumować, kremem natrzeć Lacoste, włożyć garnitur z szarego lnu szyty na miarę, a tu przemawia już w szatni Zbyszek, który dobrze ma zrobione barki i rękę. Atmosfera męskiej szatni jest niepowtarzalna od zawsze, może jak na świecie zaczną żyć geje, to się zmieni. Ale myślę sobie, że nie dla gejów jest szatnia męska, bo tu wszystko musi być wulgarne wielce i na wulgarność są wyścigi, i każde chamstwo cieszy, a najbardziej poniżanie kobiet i pedałów, pedryli, ciot. Ha, ha, ha. Ha, ha, ha. Poniżanie pedałów i kobiet jest zawsze modne, ale w szatni liczy się także pomysłowość. Zbyszek jest pomysłowy. Ma duży dom na Mokotowie i właśnie opowiada o swojej nowej sprzątaczce lat 27, daje do niej numer telefonu, a chłopaki biorą. Ja już mam. On podaje jej imię, ale kogo to obchodzi, skoro chłopcy wpisują w telefony „lachociąg" i jakiś przy tym numer, zależy kto ma ile lachociągów w komórce. Więc Zbyszek opowiada, że ona do niego przyszła i zaczęła sprzątać za dwieście złotych dom. A on na nią patrzy i mówi: „Ty, a ty w takich domowych burdelach nie pracowałaś?".

– Mocno jej pojechałeś na wejście – ktoś stwierdza z podziwu i radości pomieszaniem, co wywołuje rechot, bo w męskiej szatni chodzi o rechot, bo jak ktoś rechocze, to jest pewny siebie i pierdoli resztę, i nie boi się przyszłości, nędzy i chorób, i da sobie radę, bo rechocze.

Ona zaprzecza, że „A skąd, że co też ja?", a ja jej: „eee???" – tak, wiecie, z niedowierzaniem. A ona, że jak była młoda, to tylko kilka miesięcy na domówkach robiła w Warszawie – kończy Zbyszek. To znaczy w burdelach wynajętych w prywatnych mieszkaniach, domówkach. Już znam tę historię, która tylko raz jest śmieszna i już mnie śmieszyła, ale Zbyszek nie myli się w szczegółach, co notuję mózgiem mimowolnie, więc nie zmyśla, zresztą pokazuje smartfon, a ona, co ma jakieś imię, robi za następne dwieście złotych to, co wcześniej na domówkach, ale Zbyszkowi tłumaczy, że jej to z nim nie przeszkadza, i że to nie jest to samo, bo on jest zadbany i pachnący Paco Rabanne Invictus, a tamci klienci to różnie i nie mogła odmówić, bo takie były zasady twarde. A jak raz odmówiła, to ją pobili chłopcy, którzy brali od niej połowę pieniędzy i nie lubili marnotrawstwa, bo opickowali się nią, żeby nikt jej nie pobił. I że ona ma pewność, że jak sprząta dom Zbyszkowi i jeszcze mu pomaga w sferze intymnej, to przecież nikt się nie dowie, więc cała szatnia przy Ostrobramskiej ogląda filmik, jak Zbyszek jej najróżniejsze miejsca kutasem odwiedza. Potem Zbyszek zaczął narrację przy chłopaków ryku, jak jej szczegółowo lewatywę robił, ale mnie się już nie chciało słuchać, bo to takie zwykłe. Poza tym mam w domu do skomentowania książkę chińskiego noblisty *Kraina wódki*, w której nikt nie krytykuje alkoholizmu, zjada się dzieci, wymiotuje, a jeden pan tonie w gównie. Książkę pożyczyła mi dziewczyna o imieniu

Paulina, która pracuje w firmie dymającej najbiedniejszych Polaków, udzielając im pożyczek, żeby nędzników odsetkami zajebać. Paulina jest tam bardzo figurą, zatwierdza różne umowy skrupulatnie napisane przez prawników, żeby tych biedaków, co się z biedy chcą wyrwać na legalu, z wszystkiego okraść i zrobić z nich niewolników ekonomicznych, a niech się później powieszą, kogo obchodzi jeszcze jeden wiszący bezwartościowy wyciśnięty śmieć, a teraz zajęła się nią moja firma PR, bo jej firma „Chuje and Złodzieje" potrzebuje ocieplenia wizerunku w mediach, aby wpłynąć na ludzi, żeby bardziej się w ten ich szajs wpierdalali, a ja mówię, że to się da zrobić, nie ma problemu, potrzebne są jej większe przychody i ja to załatwię. A po niej widać, że najlepiej zarabia się na biedakach, ząbki ma tak zrobione indywidualnie implanty, że niby nie zrobione, ale zrobione i na szerokim guście jest ubrana ze smakiem, rzeczy drogie, że uuu. Dobry prezentuje look i ma tego świadomość, zauważa w moich oczach, że została zauważona, więc zaprasza mnie do siebie na lampkę wina i na rozmowy o literaturze. Cytuję jej, trochę dla żartu: „Idziesz do kobiet? Nie zapomnij bicza!", a ona okazuje się czytała Zaratustrę i zaczynamy się niby kłócić o Fryderyka, czy jego pisanie dotyczy tylko kultury, czy nie i czy pomógł nazistom niechcący, czy że go wykorzystali. Twierdzę, że wszystkiego to dotyczy, i że trzeba rozumieć wprost, co napisał, choć wariat, a ona mnie wyśmiewa, że to jest głupie i powierzchowne odczytanie i czas nam płynie, a ona mi pożycza tę książkę *Kraina wódki*, że niby odkrycie dla Europejczyków i co o niej sądzę, bo dla niej ciekawe by było spojrzenie na sprawę tę kogoś takiego akurat jak ja. Sporo się w tej książce też je bardzo dziwnych rzeczy, wstrętnych, obrzydliwych. Żeby z Pauliną porozmawiać, próbuję zrozumieć od kilku dni tę książkę i nie rozumiem. Ona zaprosiła mnie do dyskusji o książce, o czym już wspominałem. Jak można takie plugawe rzeczy pokazywać, pisać, zachwycać się nimi, nagradzać Noblem, takie wstrętne plugawe sprawy? Obrzydliwe, rzygać się chce. Co to za życie opisane? Nie po to są książki, które mają wzniośle o ludziach i sprawach, i ideałach, a po przeczytaniu człowiek powinien być lepszy, a nie gorszy. To jest nie do zaakceptowania w żaden sposób. Ludzi, jak taki pisarz, powinien spotkać ostracyzm, a nie nagrody. Co on ma w głowie? Co on musi wyrabiać? Może bierze narkotyki? Żałosny typ. Jak ktoś tak godny pogardy może być pisarzem? Z Noblem zresztą. Ten świat... Lubię wielką literaturę, rozumiem ją, a nie, że „Alkohol jest jak literatura". Kraina wódki, też coś! Nigdy nie zgodzę się na taką rzeczywistość. Albo weź tę polską literaturę, te powieści bestsellerowe, wielkim cieszące się uznaniem, że trzeba je znać, bo klient chce czasem o literaturze, żeby pokazać, że jest na poziomie literackim i ma własne zdanie, które mu do mózgu wtłoczyli inni, ale on uważa, że to jego własne i się nim przechwala, i mi mówi tonem odkrywcy, a ja wiem dokładnie, gdy on tylko dwa zdania powie, z jakiej gazety lub też internetowej strony, programu telewizyjnego on ma to zdanie swoje słowo w słowo wtłoczone, wiem na pewno. Ta nuda, ta potworna słabizna. Te powieści polskie współczesne, te takie mięciochy, te słabizny właśnie, umęczone te litery i te rozdziały. Siedzi sobie najpierw jakiś mięcioch autor, siedzi. I już go dupa boli, boli od siedzenia, i mózg ma zmęczony przez dupę siedzącą. Głowi się i męczy się, i poci się, i ja czuję potem to jego bezpłodne zmęczenie, ten zmęczenia smród w literach, w tej polskiej literaturze współczesnej. To więzienie logiki i konsekwencji, ten raj dla robaków niezdolnych do olśnień fenomenów nadprzewodnictwa, dróg na skróty. I on, ten autor, konstruuje obraz nudny mniej lub bardziej, i koniecznie w nim musi przekazać jakąś wiedzę historyczną albo ekspercką, żeby nie był nudny. A jak już skonstruuje, to tnie wszystko, robi z tego puzzle i inwersje, i rozrzuca, żeby dać czytelnikom literatury polskiej, takim samym mięciochom jak on, tę przyjemność, żeby oni potem ten nudny obraz przez wszystkie te nudne strony składali. I składają. Ja pierdolę! Jaka męka! Ale ci czytelnicy literatury polskiej ze swoimi móżdżkami już wytresowani w składaniu tych puzzli wielką mają radość intelektualną, że kleić potrafią. Ja pierdolę, jaka męka! Wielką to im przyjemność przynosi w ich czytelniczych życiach barwnych, w których najniebezpieczniejszą rzeczą jaką zrobili, było przejście raz na czerwonym świetle na skrzyżowaniu, bo się zagapili. Jakie to niebezpieczne! Można o tym opowiedzieć w gronie, z uwagą zwrotną: "No, weź, no, co ty, mogło cię coś zabić". Nieważne. Jak ja nimi wszystkimi gardzę! Po prostu ludzie. I jak oni sobie już poskładają te nudne puzzle, to wtedy klasną z uciechy w wypielęgnowane dłonie i powiedzą: "Jaka piękna powieść i jaka życiowa oraz wartościowa jaka". Ja pierdolę! Czytać nie mogę literatury polskiej w ogóle, a muszę. Widocznie to pokuta jakaś. Tylko poezję czytam. Poezję. Tak, poezję mogę. Jaka męka, literatura polska, twoja mać.

*

Siedziała na mnie naga w hotelu Boss w Warszawie w pokoju numer 156. I ona mnie ruchała. Tak, tak, bracia i siostry, jakkolwiek to brzmi, byłem ruchany oraz pierdolony byłem, jak rzecz. I ona robiła to bardzo szybko, a ja powiedziałem:

– Kasiu, kochanie, powolutku, mamy czas.

A ona odpowiedziała, nie zwalniając:

– Zamknij, kurwo, mordę, nie przeszkadzaj, zaraz dojdę.

A ja powiedziałem:

– To się zobaczy, obciągu. – I okręciłem jej piękne blond włosy na lewej ręce, szykując prawą, żeby uderzyć ją w twarz, tak jak sprawiało mi to przyjemność.

A ona to spostrzegła i powiedziała:

– Tylko nie w ząbki, Sławciu.

A ja mówiąc: "Oczywiście", przymknąłem lekko oczy, ciesząc się już na to, że zwalę ją z siebie podmuchem sierpa, ale przecież nie za mocnym, lecz w sam raz, a potem może skopię, kto wie, kto wie, i lekko celebrując tę chwilę, popełniłem błąd, gdyż Kasia zobaczyła oczu przymknięcie i błyskawicznie prawą ręką złapała lampkę nocną z jakiegoś metalu i po króciutkim zamachu, który nie dał mi szansy bloku, uderzyła mnie nią z całej siły w starannie wygoloną czaszkę. Jedyne, co mogłem zrobić, to skręcić głowę, żeby uderzenie nie poszło w twarz, tylko nad prawe ucho – do końca życia bliznę nosić będę, chcecie zobaczyć? Nie zemdlałem. Wydaje mi się, że nie zemdlałem i nie straciłem przytomności. Lecz powinienem był być liczony. Próbowałem wstać z łóżka, lecz, jak już nadmieniłem, powinienem zostać parę sekund na macie podwójnego małżeńskiego materaca. Wstałem i przewróciłem się na stolik stojący obok. Kasia w tym czasie napinała się z boku cała wyprostowana, naprężona z rękami podnoszonymi do ust i opuszczanymi. Nie wiem, czy płakała. Krzyczała:

– Jezu, Sławciu, Jezu, Sławciu!

Wstałem powtórnie, ponieważ czytałem o Wokulskim wychodzącym z piwnicy i wziąłem go sobie w dzieciństwie do serca. I dumny byłem ze swojego wstania. I moja twarz musiała wyrażać spokój i dumę, którą prezentowałem Kasi na pokaz, mało świadomy tego, jakie są aktualne kursy walut, czy coś. Na początku poczułem zapach. A był to zapach gęstego żelaza. Znałem skądś ten zapach, kochałem go, surowy i niebezpieczny. Właśnie uświadamiałem sobie, skąd go znałem. Tak! To był magnetyczny zapach krwi. To był zapach mojej krwi. Tymczasem, mimo mojej twarzowej dumy Kasia krzyczała dalej:

– Jezu, Sławciu, Jezu, Sławciu!

Czemu ona tak mordę drze? – pytał mózg uderzony lampką nocną. To pewnie z powodu tego ruchomego tatuażu, który obserwowałem z pewnym zafascynowaniem. Na moim okrągłym, wyrzeźbionym barku powoli płynął fantastyczny czerwono-bordowy wzór. Jeszcze nie rozumiałem jego kształtu, ale zaczął rozlewać się także na klatkę piersiową. Aha. To była krew z mojej głowy.

– Przynieś, kochanie, ręczniki – poprosiłem Kasię.

Wziąłem telefon i zadzwoniłem do Marcina, który był weterynarzem i miał swoją klinikę w centrum Piaseczna, polecam, poza tym był moim jakby przyjacielem.

– Co tam, Sławciu? – odezwał się cierpliwy jak zawsze Marcin.

– Jest awaria panie doktorze – odparłem.

– Duża? – robił lekarski wywiad.

– Spora – potwierdziłem.

– Głowa? – stwierdził raczej niż pytał.

– Głowa – przytaknąłem.

– Gdzie?

– Hotel Boss pokój sto pięćdziesiąt sześć.

– Jadę. – Przerwał rozmowę.

Po kilkudziesięciu minutach wszedł do pokoju, w którym łysy typ trzymał zakrwawiony ręcznik przy głowie, a całkiem goła Kasia siedziała i stała na zmianę, ogryzając paznokcie. I mówiła:

– Jezu, Sławciu, Jezu, Sławciu.

Ciągle siadała i wstawała, siadała i wstawała.

– Pokaż. – Marcin oderwał mi ręcznik od głowy, co trochę zabolało, bo delikatnie już zaschło.

– To ona cię tak urządziła? – Ruchem głowy wskazał na Kasię.

– Tak, ona. Kasiu, przywitaj się z panem doktorem – powiedziałem.

– Dzień dobry, jestem Kasia z Grochowa. – Kasia wstała, podeszła do Marcina, wyciągnęła rękę i dygnęła.

Naprawdę dygnęła. Była naga, a ja patrzyłem na jej piękne piersi, które ona uważała za wiszące, a były tylko dorodne i senne, i nic mnie nie bolało, gdy na nie patrzyłem.

– Marcin – odparł Marcin, delikatnie potrząsając jej ręką i taksując cycki oraz cipę Kasi z ciekawością jawną, nie że zerkał.

– Niezła, to ten kurwoanioł, o którym mi mówiłeś? – spytał Marcin.

– Tak.

– Czym cię uderzyła?

– Lampką.

– Często to robi?

– Zdecydowanie za rzadko – uznałem.

Przemył mi ranę, wyjął zszywacz z metalowymi zszywkami, który kiedyś mnie dziwił, ale parę razy już go na mnie używał. Te zszywki, jakby do łączenia papieru, działały jak szwy. Nacisnął cztery albo pięć razy. Zszywki wbiły się w moją głowę, łącząc brzegi rozciętej skóry.

– Chcesz plaster i opatrunek na to? – zapytał Marcin.

– A muszę?

– Nie.

– To nie zakładaj.

– Dobrze, nie zabrudź tego. A pani, pani Kasiu, niech już dzisiaj nie napierdala Sławcia żadnymi sprzętami – zwrócił się do stojącej teraz sztywno, nieświadomej swojej nagości i piękna Kasi.

Patrzyłem na jej lekko kołyszące się przyciężkie piersi. Był w nich urodzaj wczesnej jesieni. Najpiękniejsza, obfita, leciutko kapitulująca w swojej wielkości jesień. Czy można się zadurzyć w obciągu grochowskim?

– Bo to się po prostu tak stało, panie doktorze. – Kasia tłumaczyła się przed Marcinem, podnosząc ramiona, jak zrzucający winę na coś, na co nie ma wpływu przecież, uczeń, któremu nie można było przypisać żadnego występku.

– Pasuje do niej jak ulał. Kurwoanioł. Piękna kobieta. Sławciu, trzymaj się, muszę jeszcze leczyć inne psy. Do widzenia, Kasiu. – Marcin podając rękę, raz jeszcze delektował się jej piękną nagością, jakby jej część chciał zabrać ze sobą. Coś z niej pewnie wziął.

*

Dzwoni do mnie gruby bandzior z miasta. Nie, że gruby tłusty, tylko że naprawdę bandzior gruby, który mi pomógł w sprawie tej Małgorzaty Sieczkowskiej, i prosi, żeby się umówić. Spotykamy się w hotelu Westin przy alei Jana Pawła II papieża naszego, na dole, a on mówi, że jest zlecenie na dużą bańkę. Ja mówię: „Ale jakie?".

A on, że pojeb, bogaty biznesmen teraz od plastików, które zarówno produkuje on, jak i sprzedaje na skalę, a trochę też kiedyś był bandziorem, ale postanowił się rozwinąć i zostać citizenem płacącym podatki w urzędzie skarbowym, a nie chłopakom, powiedział mu, że widział film *8 mm* z Nicolasem Cage'em. Też ten film widziałem i to mi się zaczyna nie podobać. Film mi się podobał, ale rozmowa nie. Bo rozmawiam z człowiekiem, na którego mówią „Dziku", on też jest bardzo koksem, ale kto dziś nie jest koksem, nie o to chodzi. Chodzi o to, że on... ale powoli. Chodzi o to, że ja znam go z wielu różnych filmów, które rozgrywały się między nim a mną z naszym udziałem i innych osób w realu, a nie na taśmie, ekranie. Jest tu pewne zaufanie, wynikające z sytuacji, które miały swój przebieg raczej dramatyczny.

Na przykład opowiem wam niepotrzebnie, i już żałuję, krótko jeden z takich prawdziwych filmów złych, jak jechaliśmy do Małgorzaty, która pracowała w spółce giełdowej w zarządzie, i jej się wydawało, że lubi strasznie niebezpieczne przygody i ludzi. I kiedyś zobaczyła mnie w Blue City z „Dziku", jak wymienialiśmy słowa, które stać się miały pieniędzmi. I ona chwaliła się w gronie, że lubi seks niebezpieczny, ekstremalny, nietypowy z dreszczykiem i powiedziała, że ona by chciała „Dziku" poznać. Mnie już poznała z wzajemnością, dobrze było, ale bez jakiejś tam rewelacji. A on wyglądał, jakby go ktoś zaprojektował na gangusa, dlatego dla niej był korzystny do seksu, się nim chwalenia w przyszłości lub też choćby wspominania w gronach lub na solo. Ale tak całego z twarzą, z się poruszaniem i wtłoczeniem we wszystko, co na sobie ubrane miał, gangus wzorcowy. Choć nie zawsze tak było, bo on pochodził z domu urzędniczego, choć nieporządnego, w którym były różne patologie na wysokim szczeblu, wyrafinowana przemoc i nienawiść psychiczna, a nie, że zwykły patos z wódy wynikający; miłości tam nie dowieźli. On prawie skończył liceum warszawskie, ale w ostatniej klasie pobili z kolegami jakiegoś frajera i z głupoty ukradł temu gnojowi zegarek, znaczy się „Dziku" to zrobił. A to już nie było pobicie tylko rozbój, poważna kwestia, tak zwana „dziesiona" w grypserze, artykuł 210 dawnego Kodeksu karnego, przejebane. „Dziku" miał już wtedy skończone 18 lat i jakiś psychol sędzia wsadził go do więzienia na trzy lata, i on siedział tam ten czas. I więzienie zrobiło z młodego obywatela, który zbłądził, regularnego gangusa, bo to się „Dziku" spodobało właśnie, tego rodzaju kariera błyskotliwa, na skróty do wszystkiego, a dobry był w wielu kwestiach, silny i charakterny, i się pokazał, że sztywny jest, bo się nie rozpruł w śledztwie, żadnego kumpla nie wskazał z pobicia i rozboju, tylko na siebie wziął, choć wpierdol od policji zebrał tradycyjny. Deficyt miał skrupułów, a to w życiu bardzo pcha ku przodowi, nie na boki. Jedziemy więc do tej Małgorzaty na ulicę Złotego Smoka na Ochocie, gdzie ona mieszkała w apartamentowcu o przeinwestowanym wnętrzu nieliczącego się z kosztami architekta i powiedziała mi wcześniej, że ona chce z nami dwoma jednocześnie, a „Dziku" zobaczył jej zdjęcie i się zgodził, ja w sumie też, choć, jak już wspomniałem, bez jakiejś rewelacji, całą noc mieliśmy tak zaplanowaną. Poprosiłem go, żebyśmy pojechali jego samochodem, bo byłem po dwudniowym piciu i po mefedronie, czyli mefce. Ućpany jak Fudżi. Która to mefka zakazana przez dobrych ludzi z rządu dbających o mnie oraz o społeczeństwo, żeby temu społeczeństwu nie odpierdoliło, sprawia, że odczuwam zawsze seks razy tysiąc, a czasem dwa tysiące mocniej, bardziej, kolorowiej. Dotyk każdy i zapach kobiety wędruje mi po mefce zawsze od palców nóg przez serce do mózgu i dopiero trafia w moje biodra i nigdy nie przypuszczałem, że tak głęboki dla doznań jestem osobiście ja. Pewnie istnieje niebezpieczeństwo związane z kryształkami mefki, że jak już jej zaznasz, to nie chce ci się potem bez niej samic zapinać. Bez niej jest słabo, źle i czarno-biało jest. Łatwo się uzależnić, mnie nie grozi, bo ja nie jestem w stanie spamiętać od czego jestem uzależniony, więc spokój mam. A ja po niej następnego dnia się bardzo pocę, ale to nie jest następny dzień tylko ten. Jestem po jakiejś drogiej wódzie i po kolosalnej ilości mefki, która powinna mnie zabić oraz wskrzesić. Jestem podniecony i rozdrażniony, podniecony i rozdrażniony, i jedziemy jego bmw piątką „emką" podrasowaną do ponad 450 koni mechanicznych i z dźwiękiem wydechu tak niskim, że kładzie się na asfalcie ulicy Kurhan na Ochocie, bo nią jedziemy do Małgorzaty na całonocne ruchanie jej oraz pierdolenie, połączone z degustacją trunków i francuskich serów, które przywiozła z Francji, bo od czegoś trzeba zacząć, na przykład od Francji. Jedziemy więc. Jest chyba koniec czerwca albo początek lipca, jakoś ciepło, ale nie bardzo upalnie. „Dziku", prowadząc bumkę swoją, mówi nagle z uśmiechem, patrząc na nadchodzącą szykowną kobietę z czarnymi włosami – od chuja ma pieniędzy na sobie, to jest taka dzielnica bez biedy, cała jest ubrana w, wydaje mi się, Dolce & Gabbana, biała koszula, duża klasa kobieta, sucz taka, na wysokim dość obcasie się porusza seksualnie, zapisałbym się na nią i nawet postał trochę w kolejce, o tak, ślicznego chłopca prowadzi za rękę, ma lat 5, wydaje mi się, i ten chłopiec uśmiecha się do mamy, i on ma piękną, taką ciemną oprawę oczu, i wtedy mówi „Dziku" cicho, przeciągle, patrząc na nią: „kooochanie...". Mnie trochę dziwią jego słowa ciepłe, bo on ma uczucia ludzkie w wysokim stopniu niedorozwinięte, ale zaraz wszystko się wyjaśni, ten rodzaj nietypowej znajomości. Bo on zatrzymuje samochód i wychodzi do niej, gdy ona idzie naprzeciwko niego. Trochę tu czas przyspiesza, ja jestem na razie postronnym obserwatorem, wydaje mi się przywitania serdecznego, które będzie miało właśnie miejsce za chwilę albo coś. Ona, ta szykowna, czyli piękna, zrobiona i zarówno szmalem nęcąca kobieta gasi jednak na widok „Dziku" uśmiech w błysku przerażenia, łapie na ręce chłopca, odwraca się i ucieka. Co okazuje się błędem, bo ona po paru metrach przewraca się z tym chłopcem na beton chodnika boleśnie, gdyż „Dziku" podbiegł do niej i z całej siły z wyskoku kopnął ją w plecy w tę białą bluzkę Dolce & Gabbana z zajebistą siłą swojego jebanego cielska ze 110 kilogramów, wiem, kurwa, bo przecież widziałem. Pierdolnęła razem z tym dzieckiem na ten chodnik betonowy. Ja opuszczam szybę w oknie, żeby lepiej widzieć wszystko, bo przecież to jest takie nietypowe, i trochę ciszej robię muzykę, a leci właśnie Peja i te akurat słowa: *Słyszysz skurwysynu? Reprezentuję biedę!* Nie wiem, czemu „Dziku" słucha o biedzie, to jest takie przekorne. A ja jestem jak Fudżi. Dziecko, to znaczy ten śliczny chłopiec, zaczyna płakać na ulicy Kurhan pustej, widno jeszcze jest. Ten potworny płacz jest strasznym piskiem, nie do zniesienia, całkowicie strasznym, przerażającym, wwiercającym się w mózg piskiem. Ja pierdolę! Całkowicie nie mogę wytrzymać tych tonów jebanych, może dlatego, że po mefce jestem, może dlatego, że mam w sobie wstrzykniętą przed treningiem jeszcze efedrynę i trzy tabletki kofeiny, choć powinno brać się na pobudzenie jedną maksymalnie, ale chciałem trochę przytrzeźwieć, nie jestem pewien, czy się udało, raczej średnio. Kurwa, przecież to mi serce zniszczy, jestem taki rozdrażniony. A „Dziku", psychol jebany, w ogóle mu to chyba nie przeszkadza, bo złapał ją za gardło, tę kobietę szykowną, lewą ręką, ale już trochę pościeraną, i prawym prostym złamał jej nos pięścią – bęc! Z nosa w sekundę zrobił jej pędzel. Od razu krew na policzkach, a na twarzy płaskorzeźba. A to dziecko, ten chłopiec piszczy, płacze jeszcze głośniej, jeszcze głośniej, w ogóle nie wiedziałem, że to jest możliwe takie jeszcze głośniej w tym przypadku, a jednak, widocznie źle wpłynęła na jego wnętrze scena z nosem mamy, a przecież taki piękny był spacer. Tyle było radości, uśmiechu, miłości. Bardzo dużo niedobrej jest we mnie chemii. Kurwa, to jest nie do wytrzymania, ten jego pisk, nie do wytrzymania. Jego trzeba jakoś wyłączyć, jakoś wyłączyć albo coś. Przecież ja tego nie wytrzymam! We mnie się mózg roztrzęsie lub eksploduje przez te tony. Niech on, kurwa, przestanie wyć! Otwieram schowek w samochodzie „Dziku". Tam on wozi pistolet hukowy tanfoglio GT 28 przerobiony na broń ostrą. Już z niego strzelałem, z paru metrów można kogoś zabić, z większej odległości celność siada, kurwa, nie mogę wytrzymać tego płaczu, pisku tego dziecka. Ja pierdolę! Wysiadam więc z tym pistoletem w dłoni maksymalnie wkurwiony, muszę wyłączyć go, bo jak nie, wybuchnie mi w środku wszystko. Zginę. Nie oceniajcie mnie! Przecież nie słyszeliście tego pisku, przecież nie wiecie, co mam w żyłach, a mam alkohol, mefkę, kofeinę, efedrynę i nie wiem co jeszcze, ale to jest bardzo złe zło, które we mnie jest. Bardzo. Bardzo jestem po prostu poirytowany. Spytacie mnie, czy chciałem zabić to dziecko? Nie. Myślę, że nie chciałem. Raczej nie. Chyba nie. Może nie. Chciałem je tylko wyłączyć. Nie chciałem zabić tego dziecka, chciałem, żeby przestało krzyczeć. Nie mogłem tego wytrzymać. Wysiadam więc z tym pistoletem w dłoni maksymalnie wkurwiony, muszę wyłączyć je. Dochodzę do wyjącego dziecka i przystawiam mu lufę do czoła. Ma taką piękną ciemną oprawę oczu. Śliczny chłopiec. A ta matka to widzi. I patrzy na dziecko, a dziecko to widzi i patrzy na matkę, i wyje to dziecko z lufą przy czole, lufą, którą ja mu przystawiłem. A ta matka, która, jak się zaraz dowiem, nazwana w przestępczym świecie pseudonimem „Trona", ma pysk cały we krwi, i jest kobietą poukładanego na mieście gangusa „Szafy", który siedzi właśnie w więzieniu za narkotyki i wymuszenia, i się w śledztwie częściowo rozpruł, i kilku porządnych chłopaków, wspólasów „Dziku", trafiło do więzienia przez niego, lecz o „Szafę" trwa na wolności spór, bo część gangusów z niego żyje, bo on, mimo odsiadki, prowadzi interesy z więzienia przez „Tronę", która kontroluje nielegalne automaty i narkotyki na Ochocie, choć nie tylko to i nie tylko tu, ale ona się ukrywała i nikt nie wiedział, gdzie jest, tylko zaufani, bo „Szafa" bał się na niej zemsty i słusznie, na synku swoim ślicznym, co ma piękną ciemną oprawę oczu też, i całkiem przez przypadek trafił na nią „Dziku", jak jechaliśmy ruchać Małgorzatę, powiedział wtedy czule: „kooochanie...". Ja to słyszałem. A matka widząc tę lufę przy głowie dziecka, mimo że ją „Dziku" mocno trzyma za szyję, nadludzkim wysiłkiem wyrwała się ratować synka, a wtedy to się dzieje. Właśnie wtedy. Właśnie wtedy to wszystko się stało. „Dziku" uderza ją lewym sierpem z przeniesieniem ciężaru z nogi lewej na nogę prawą, uderzeniem wychodzącym z balansu ciała z potworną siłą w zęby, które jej trzy od razu wylatują, co ja widzę, jak one lecą z krwią od razu bez czekania żadnego na napłynięcie czy sączenie, i on jej robi z twarzy tym uderzeniem poszerzony uśmiech Jokera, rozpruwając jej skórę w kącie ust. W tym głośnym uderzeniu, w tym upadku jej na beton głową jest huk też jakiś, w tym samym momencie dziecko się wyłącza i siada bezwładnie, patrząc przed siebie. Jest cisza. Całkowita cisza. Cisza. Mnie to przeraża, tych nagłych decybeli brak. Jestem całkowicie przerażony. Całkowicie. Patrzę na lufę, czy dymi, czy ja nacisnąłem spust? Czemu to dziecko nie wyje, tylko się nieżywo gapi przed siebie? Patrzę na czoło tego dziecka, czy tam leci krew, czy tam jest dziura? Nie leci krew, nie ma dziury. Nie ma dziury w tym czole. Śliczną ma ciemną oprawę oczu. Patrzę na tułów tego dziecka, tam też nie ma krwi i dziury. Chyba go nie zabiłem. Chyba nie. To dlaczego się wyłączyło i siedzi bez ruchu, patrząc przed siebie nieżywym wzrokiem? Bardzo to jest dziwne wydarzenie. Z lufy nie dymi żaden dym, przecież kurwa widzę, że nie dymi. Tymczasem „Dziku" nieprzytomną kobietę uderza kilkunastoma ciosami w twarz, kompletnie ją demolując, tak że nie uda się już urody przywrócić tej „Tronie" żadnemu chirurgowi, ponieważ nos można naprawić i zęby, ale kości zgruchotane przy oczach, że aż się oczy zapadły, to już sprawa jest, że piękności nie będzie. No way. Taka to była tego dnia zemsta melodramatyczna na „Szafie" po prostu. Nic w sumie specjalnego w światku owym. W zasadzie normalka, banał jebany dla ludzi prowadzących żywot swój w sposób dynamiczny. I pusta jest ulica, i robię jeszcze zdjęcia iPhonem, a może filmik, nie wiem, co paluch nacisnął, potem zobaczę, tej „Tronie" i temu dziecku zastygłemu, bo to takie nie do wiary, można to wrzucić przecież na YouTube i zdobyć miliony odsłon, a za miliony zdobyć bimbaliony i być w całym wszechświecie sławnym, w epicentrum dupy posiadam YouTube, i nasycić te głupie ryje przy ekranach, którym życie jest niepotrzebne, bo go nie mają pomysłu na życie, więc się gapią na pojebane filmy. Debile ludzie. Komu ja zaimponuję taką fotą, jeszcze nie wiem, ale przecież na pewno się ktoś znajdzie, co to za świat w ogóle jest i wsiadamy w bmw „emkę" piątkę, i odjeżdżamy z dźwiękiem wydechu tak niskim, że leży na asfalcie ulicy Kurhan, a chłopiec siedzi przy murku ulicy Kurhan i się gapi, i się nie rusza. A piękną ma ciemną oprawę oczu, lekko otwarte usta, wzrok w jeden utkwiony punkt, oczy martwe. Matka też się nie rusza. Jedna wielka rana Dolce & Gabbana. I było na mieście dużo zamieszania z tego powodu. „Szafa" się dowiedział, że ktoś chciał zabić jego synka, że lufę mu do głowy przyłożył, i ogłosił, że go zabije, tego kogoś, a nie wiedział, że mnie. Zresztą ja prawdopodobnie wcale nie chciałem, tak mi się teraz wydaje. Potem się okaże, że ten śliczny chłopiec dostał w głowie od tych wydarzeń z mamą nieprzyjemnych jednak, czegoś z trudną nazwą psychiatrycznego spowodowanego wstrząsem psychicznym, i że on był fizycznie zdrowy, ale przez pół roku w ogóle się nie odzywał podobno, nie powiedział ani słowa do nikogo, jakby się pogniewał na świat, czy coś. Kontaktu z nim nie było po prostu, dopiero później, po pół roku, powolutku. Siedział i patrzył tylko. A „Szafa" był na „Dziku" za krótki, choć się odgrażał, a „Dziku" nigdy się nie rozpruł i nigdy nikomu nie powiedział, że to ja temu dzieciakowi przystawiłem lufę do czoła. Co wzbudziło między nami pewne takie zaufanie, na tyle, na ile jest to możliwe. „Szafa" rzucił „Tronę" potem, bo z ryja, mimo że po operacjach wielu, bardzo była brzydka, wręcz paskuda ucieszna, zdeformowana na zawsze, ale ją finansowo finansował. Przecież nie pokaże się na mieście z kobietą z kreskówki, weź! A na mnie, jak wsiedliśmy po tej akcji do bmw „emki", „Dziku" spojrzał specjalnym wzrokiem, co go w jego oczach nigdy wcześniej nie widziałem, a wiele widziałem, w którym był rodzaj chyba pewnego może i podziwu, zaskoczenia, strachu, bojaźni, niedowierzania i powiedział: „Dziecko chciałeś odjebać?", co chyba nie było prawdą, ale nie było sensu prostować. Potem się dowiedziałem, że zlecenie na dziecko na przykład, to jest w światku przestępczym osobny level. Że nikt tego nie chce, że jak taki ktoś jest, to jest samotny na zawsze i nie do ruszenia, bo jest jednak od czasu do czasu potrzebny, bo różne sprawy mają ludzie dorośli do załatwienia. Taka dziwna sytuacja, mieszanina szacunku, ale raczej strachu, pogardy i jeszcze raz pogardy i niezrozumienia, samotności.

Pojechaliśmy więc z „Dziku" do Małgorzaty i ja byłem tego ciekaw, bo zderzenie cywilizacji miało się zderzyć. Teraz mi się akurat przypomniało, że kiedyś mi mówiła tonem pewnej konfidencji, że ona lubi niszczyć ludzi, że jej to po prostu sprawia przyjemność, bo jest wiceprezesem spółki giełdowej, i jej się robi mokro, ale naprawdę w majtkach mokro, nie metaforycznie, jak się jej ludzie panicznie boją, więc ona ma takie sposoby powolnego wzbudzania w nich strachu i ona mi o tym opowiadała, o tych sposobach wyrafinowanych, czasem wielomiesięczne z tego robiła gry, bardzo skomplikowane ze zmieniającą się dramaturgią, bo ludzie są słabi i nie mają godności, i jeśli mają do wyboru honor z godnością albo pensje, to jednak w dupie mają z godnością honor i można ich zeszmacić, każdego, tylko warunek jest taki, że musi być dobrze wykształcony po dobrych studiach i znać co najmniej dwa języki obce biegle, wtedy łatwo się takich szmaci i oni dostają potem różnych depresji korporacyjnych, biorą medykamenty, szukają pomocy na internetowych forach i nienawidzą swojego życia, co jej akurat nie przeszkadza, bo zdaje mi się, że ona też nienawidzi swojego życia, ale z innych chyba powodów. Wszyscy nienawidzą swojego życia, nawet święci chcieliby, żeby już ich wymęczono i żeby byli już świętymi, żeby to życie mieć już za sobą, żeby się Pan Bóg ucieszył, żeby był zadowolony i pogłaskał ich świętych po ich świętych główkach, i zaliczone. Gówno mnie to obchodzi, w życiu świętego nie spotkałem, a Boga szukam i szukam.

Przypomniało mi się teraz, jak Małgorzata opowiedziała kiedyś o takim swoim eksperymencie, który przeprowadziła na młodym chłopaku po Cambridge, w jej spółce robił w finansach. Bardzo był porządnym ów chłopak człowiekiem, z żoną, dzieckiem małym bardzo i wartościami wielkimi, uniwersalnymi, wypływającymi z preambuły naszej konstytucji między innymi. Przyjmowała go do pracy już z takim właśnie założeniem, że przeprowadzi na nim ten eksperyment społeczny właśnie, tak mi powiedziała, bo ona była jakby bogiem. Początkowo bardzo szybko go awansowała w hierarchii, bo on ambitny był i chwaliła go przy zespole, i dawała mu dużo pieniędzy, żądając, żeby on więcej w pracy przebywał na Mordorze, czyli przy ulicy Domaniewskiej w Warszawie, gdzie biuro mają. On opowiadał jej szczerze, jaką ma cudowną żonę i dziecko, a na jego biurku stała rodzinna fotografia. Dużo w nim było prawdziwej miłości, postanowienie na całe życie z tą jedną kobietą być, radować się z każdego dnia i zestarzeć się, i widzieć jej zmarszczki, jak jej cycki wiszą, zawsze razem, trzymając się za ręce, aż po krematorium, a prochy zmieszać. To takie piękne. Idealną miał żonę, też ambitną bardzo i też finansistkę, która też chciała robić karierę. Jakby nie wiedziała, że na niej i na jej mężu eksperyment społeczny przeprowadzany jest przez Małgorzatę. Która to Małgorzata była ciekawa, czy prawdziwa miłość przetrwa wszystko. Czy jest miłość siłą, czy tylko cymbałem brzmiącym? Żądała więc od tego chłopaka, co znał dwa języki obce biegle, żeby coraz więcej pracował i coraz dłużej zostawał w pracy. I on zostawał, bo on miał też duży kredyt we frankach szwajcarskich na apartament w apartamentowcu. A żona nie pracowała, a chciała. A Małgorzata zaczęła żądać od niego, żeby on z nią latał na seminaria i spotkania biznesowe za granicę na tydzień i oni mieli obok siebie pokoje. I ona go zaliczyła na jednym z takich wyjazdów. A on się chyba zaczął w niej zakochiwać. I powiedział jej, że z żoną mu nie wychodzi, że żona ciągle ma pretensje i pretensje, pretensje i pretensje. Z biurka jego któregoś dnia zniknęła fotografia żony z dzieckiem, która dodawała mu sił i nadawała życiu całkowity sens aż po horyzonty. A ona, Małgorzata, mu wtedy powiedziała: „Może ci żona zazdrości, że robisz błyskotliwą karierę, może jest zawistna, bo jej w życiu nie wychodzi? A ty daleko zajdziesz, daleko". I w nim zaczął kiełkować jakiś kiełek. Coraz częściej tej Małgorzacie mówił, że on się męczy w małżeństwie i spoglądał na nią, jakby chciał z nią, a nie z żoną ułożyć sobie przyszłe kalendarze. Wtedy właśnie eksperyment wszedł w drugą fazę, bo ona mu zasugerowała rozwód, że to częste, że bardzo dużo jest okropnych, zawistnych kobiet nie rozumiejących mężczyzn, przeszkadzających im w rozwoju osobistym, a oni są stworzeni, żeby zdobyć całe światy z księżycami. On się rozwiódł, choć było tam sporo łez i złych emocji. Jej zostawił apartament, który spłacał, sam wynajął pokój. Wtedy eksperyment wszedł w fazę trzecią. Ona go zaczęła gnoić. Przy ludziach wytykała mu brak kompetencji i co się z nim dzieje, wszystko było źle. Wszystko było starannie przemyślane przez nią w szczegółach, bo ona bardzo szczegółowo planowała każdy szczegół, na przykład to, że zakazała mu mówić do siebie na „ty", taki szczegół zabolał go szczególnie. Zabrała mu premie, a potem stanowisko, a on nie wiedział, co się dzieje i chciał się od niej dowiedzieć, a ona z nim nie rozmawiała, bo przecież nie rozmawia się ze szczurem z eksperymentu, jeśli eksperyment na tym właśnie ma polegać. I awansowała jego wroga, który został jego szefem i się nad nim znęcał pieczołowicie. A on się nie mógł zwolnić, bo był szmatą zeszmaconą, jakoś uzależnioną, która to szmata nie wiedziała, że istnieje w ogóle inne życie poza tą akurat korporacją. Dwa języki obce znał biegle. Leczył się psychiatrycznie podobno, na jego ciele też się odbił ten eksperyment, bo zbrzydł, dostał jakichś krost, wyprysków i się drapał, i jak świr się zaczął zachowywać, bardzo źle się ubierał, niedbale. Trochę go potrzymała, a potem zwolniła, no bo przecież obiektywnie rzecz biorąc, chociaż po Cambridge, to sobie ewidentnie nie radził. Mnie podała jako pointę tego niezwykle udanego eksperymentu społecznego następujące wnioski: „Nic nie znaczy miłość, Sławciu, nic. Całkiem nic. Żadna to siła. Lipa i tandeta. Miłości nie ma, ludziom się wydaje. Najlepszych można zeszmacić. Każdego". I uśmiechała się, bo ona była przecież jakby bogiem.

Ale wróćmy teraz na ulicę Złotego Smoka, na zamknięte osiedle dla bogaczy, wróćmy do aktualnego scenariusza, bo będą się tu działy kwestie. Małgorzata więc sobie przygotowała scenariusz szczegółowy na sto procent, jestem pewien, jak my do niej wjeżdżamy z „Dziku" na ostatnie piętro windą, to ona nas wita z uśmiechem, a świece się palą na stole. Lubię obserwować „Dziku", bo nie zauważyłem nigdy, żeby on nie wiedział, jak się zachować lub też, żeby w nowej sytuacji odczuwał dyskomfortu chociaż odrobinę. On się więc z nią wita dość oficjalnie, oschle i bierze butelkę wina ze stołu otwartą, już z taką białą serwetką wokół szyjki bardzo elegancką, żeby się nie ulewały krople i ulewa sobie sam wyłącznie strumieniem do kieliszka, i siada na fotelu miękkim i wielkim z jakiejś takiej tkaniny, która krzyczy po cichu, że jest wytworna. On ma prawą dłoń zmasakrowaną twarzą tej zmasakrowanej kobiety i Małgorzata to widzi, ale ona nie pyta, a on wie, że ona widzi, ale on nie komentuje, nie usprawiedliwia się, przecież to „Dziku". Siadam na krześle przy stole i nie piję wina, bo od wina mam wzdęcia. Przecież są alkohole męskie, mocne, a nie gejowskie wino dla pedałów mlaskających, którzy pierdolą o bukietach, oddychaniu i szczepach i et cetera nasłonecznionych stokach. Żałosne winiarskie chuje cioty. Spierdalaj z tym winem, cioto elokwentna. Wstaję jednak i podchodzę do niskiego stoliczka, na którym Małgorzata ma alkohole mocne i whisky ma Bushmillsa irlandzkiego dwudziestojednoletniego, więc to będzie miła noc, nalewam sobie szklankę, a lód też jest naszykowany, proszę, proszę. Tymczasem Małgorzata zaczyna opowiadać o Francji, z której wyniosła od jakichś francuskich mężczyzn delikatnych unikatową wiedzę o francuskich serach, pełną subtelności wiedzę, że byś się nie spodziewał nawet, że to taki tajemniczy jest ów świat serów i taka magia jego powstawania, bardzo skomplikowane przepisy pełne detali, które mogą wszystko zniszczyć lub naprawić, jak zaklęcia w zasadzie, taka wiedza bardzo mądra. Ja się więc twarzą nie śmieję, a w środku już jak najbardziej zaczynam, bo jestem przekonany, że wiem, co się wydarzy, gdyż znam „Dziku". On wygląda, jakby z uwagą jej słuchał, a po drugim kieliszku wina podchodzi do niej, a ona w tym czasie stoi i patrzy na niego wyczekująco z uśmiechem, że może on coś powie, a ona mu odpowie, bo w odpowiadaniu jest bardzo zaawansowana, ale on raczej nie powie. Łapie ją za ramię i obraca przy stole, twarzą do stołu. Kładzie jej jedną rękę na plecach, przyciska, a drugą podciąga sukienkę i ściąga jej majki bordowe, chyba z atłasu, bardzo małe i delikatne, do kolan ściąga jej i przy rozporku manipuluje. Wtedy ona jest zaniepokojona wielce, bo to nie jest ten scenariusz jej ustalony, przemyślany, to nie są te szczegóły, to nie jest to jej panowanie nad sytuacją wykreowaną i chyba próbuje, co jest na bezowocność skazane, oponować, mówiąc i chyba nawet lekko szarpiąc: „Ale co ty robisz?". Jakby nie była jednak bogiem. Wtedy głos zabiera „Dziku", aczkolwiek nie jest to długa przemowa, gdyż Polska skonała od przemówień, więc on mówi: „Zamknij się" i w nią wchodzi. Jej ten penis w pochwie otwiera usta, dziwnie to jest wszystko połączone, z ustami bezpośrednio pochwa, kto by pomyślał. Ona na mnie patrzy, jakby się spodziewała może jakiejś reakcji, mojego wpłynięcia na „Dziku", powrotu do cywilizowanego, przez nią wymyślonego scenariusza, o serach przecież pogadankę chciała spointować, a ta pointa pokazałaby nam, że jest zarówno starannie wykształcona, jak też zdystansowana do siebie, taka warszawska luzaczka ze sfer najwyższych, topowych. A ja mówię w związku z tym: „Ty chyba nie miałaś tego tatuażu?". Gdyż na udzie dostrzegam staranny całus Marilyn Monroe z przymkniętym okiem i czerwonymi ustami. „Niedawno sobie zrobiłam", odpowiada popychaną już będąc, wiedząc, że żadnego ratunku z mojej strony nie należy się spodziewać. Małgorzato, jak to było? Każdego można zeszmacić? Każdego? Tej nocy, posłuchajcie mnie, korporacyjne szczury pozbawione honoru z godnością na rzecz pensji, zemściliśmy się za was na Małgorzacie, gdyż zrobiliśmy jej kilka perwersji, dociskań oraz stosowaliśmy przemoc, a ona nadrabiała miną, że niby akceptuje, ale nie miała na to ochoty najmniejszej, a my mieliśmy właśnie dlatego, że ona nie miała, tym się właśnie tej nocy syciliśmy i to była uczta, z jej strachu danie, ten strach, który starała się ukryć, to zeszmacenie, które jej przypadło w udziale. I ona, pani wiceprezes, będzie po nas do siebie odczuwać wstręt, jak wyjdziemy od niej z mieszkania, do którego sama nas zaprosiła, obrzydzenie. Będzie próbowała godzinami zmyć nas z siebie pod prysznicem z włoskiej deszczownicy dizajnerskiej, będzie stała i woda będzie się mieszać z jej łzami, z jej niezrozumieniem: „Ale jak to?", w łazience z białego włoskiego marmuru, łzy z wodą będą spływać po jej twarzy i lekko sterczących piersiach z małymi wkładkami silikonowymi, teraz wielkie cyce nie są przecież w modzie, wielkie cyce, to niech dziwki noszą, i upadać koło wypielęgnowanych stóp z czerwonym, krwistym lakierem, że nie o tym ona myślała, jak my mogliśmy potraktować ją w ten sposób, tak się ludziom nie robi przecież, jak można w ogóle i dlaczego ją, co ona nam, światu zrobiła złego, kogo ona skrzywdziła i kiedy, za co, mój Boże, ludzie to zwierzęta, ale się nie uda zmyć. My nie jesteśmy tacy, żebyśmy się zmywali. Mnie się teraz przypomniało, że próbowała Małgorzata, żeby jakąś więź nawiązać, o wytłumaczenie tego stanu, który miał miejsce, jak to możliwe, że ja ją dwie godziny zapinam z tempem bardzo dobrym, kapie na nią mój pot szklankami, szczególnie z mojego łysego czoła na jej cycki, próbowała mnie pytać: „Czy ty bierzesz sterydy, Sławciu?", a wtedy już się „Dziku" śmiał, bo on jest warszawskim koksem, a wszystkie warszawskie koksy w Warszawie znają odpowiedź na to głupie do koksa pytanie, więc ja mówię: „W życiu nie brałem. Przysięgam, na co chcesz" i robię przerwę, bo zawsze trzeba tu zrobić przerwę i dopowiadam: „Zawsze musiałem kupować". I „Dziku" śmieje się głośno wtedy, po mojej poincie, chociaż przecież ją znał, ale to przecież takie śmieszne. Co za głupia pizda, pani wiceprezes, ma w sobie koksa i na sobie ma koksa – u mnie przecież 50 centymetrów biceps, jak nagrzeję, a może i bez grzania, jak na masie jestem, a ona pyta: „Czy ty bierzesz sterydy?". Nie, kurwa, na kurczaku to wszystko wzeszło. Ty, co ten kurczak musiałby wpierdalać, jakie musiałby wchłaniać dziobem anabole? Cipo. Lubisz ostry seks, niebezpieczne przygody – myślałaś sobie Małgorzato – i ludzi niszczyć, skąd mogłaś wiedzieć, co znaczy ludzi niszczyć, co to są niebezpieczne przygody? Przecież nawet nie pokazałem ci zdjęcia twarzy „Trony", niszczyć ludzi, co sobie zrobiłem na pamiątkę, czy jestem specyficzny, czy może sentymentalny, gdyż lubię ten wspomnień czar? Jak oglądam w telefonie tę twarz teraz, to wydaje mi się, że to graficy komputerowi zrobili, może z filmu *Sin City*? Że to niemożliwe, posiadać taką twarz, że ludzie nie zderzają się przecież twarzami z czołgami, po co mieliby to robić? I to zdjęcie chłopca zastygłego jak oglądam, z martwymi oczami z taką ładną ciemną oprawą, lekko otwarte usta, białe ząbki, równe, mleczne. Niesamowite jest to zdjęcie, poruszające. Przesłać wam na maila? Do „National Geographic" na okładkę i nagroda pierwsza. Małgorzata już nigdy nie będzie się chciała ze mną spotkać, zaprosić mnie. Źle się będę jej jakoś kojarzył. Możecie brawo bić, korporacyjne szczury. Zeszmaciliśmy ją dla zabawy. Jak szmatę najgorszą. Sprawiło mi to przyjemność. Tak, sprawiło. I chuj. Ze smakiem niszczenia ludzi zaznajomiliśmy ją, amen. Jakby nie była bogiem.

Zostawmy jednak tę moją przydługą, bracia i siostry, męczącą dygresję i wróćmy do głównego wątku opowieści, która wreszcie może wzbudzić pewne choćby minimalne emocje w dzisiejszym świecie wypranym z uczuć w ogóle. Do tego biznesmena od filmu *8 mm*. „Dziku" mówi mi więc, w tym hotelu Westin, że ten koleś biznesmen jest już trochę nienowy, bo ma lat prawie 70 chyba i jemu się chce, ale go zwykłe sprawy nie porywają w seksie. Że na imprezie pijanej w Victorii on powiedział, że dałby dużą bańkę za taki film, jakby ktoś dla niego specjalnie nakręcił, tylko żeby dziewczyna była niepełnoletnia. Ja jestem przerażony. Jestem tym naprawdę przerażony. Jak taki film nakręci dla niego ktoś? W *8 mm* na zlecenie jakiegoś bogacza w trakcie seksu morduje się młodą dziewczynę. Morduje, człowieku, zostaw mnie, kurwa, w spokoju, naprawdę morduje się niewinną dziewczynę, która nikomu w niczym nie za-

winiła. A potem ten biznesmen powtórzył swoje słowa „Dziku" już na trzeźwo całkiem, i że zapłaci, nie że po pijaku gadane było, żeby mu nakręcić to samo. Mówię więc do „Dziku":
– Nie wierzę.
I w tym momencie wszystko, co najważniejsze o „Dziku" można powiedzieć. Bo nie to nawet, że on z Mokotowa był z gangu obcinaczy palców, kidnaperów i zabójców, tylko o jego wzrok, który ci wszystko wytłumaczy. Bo ty, znaczy ja, mówię do niego: „Nie wierzę", a on na mnie patrzy i po prostu on mnie nie rozumie. On się nie może odnieść do tego, bo jemu chyba nikt nie zarzucał nigdy, że mija się z prawdą. Bo to się nie zdarzyło i się nie zdarzy, chyba, czy pies lub też byłby to prokurator, więc on nie wie, o co chodzi. Rozumiecie, bracia i siostry? Każdy człowiek, normalny człowiek, po prostu człowiek, powiedziałby albo zrozumiał w tej sytuacji moje „Nie wierzę", ale nie on. Dla niego problemy mogą być tylko techniczne, innych nie ma, a te techniczne się rozwiązuje. Jak trzeba uciąć palec komuś, to problemem nie jest czyjś ból, przerażenie, błaganie tego kogoś, z czym trzeba sobie psychicznie poradzić, tylko jakiego należy użyć narzędzia. Tylko. Psychicznie nie ma. Jak kogoś trzeba zakopać na przykład, czasem kogoś nieżywego, bo nieżywych też się zakopuje, nie tylko żywych półprzytomnych, to gdzie i czy ziemia nie będzie zmarznięta, jaka jest pora roku, kto chodzi wokół, czy dziki nie wykopią, bo i tak bywało pod Warszawą w lasach i na polach.

– Nie wierzę, że ten stary kutas, chce powielać taki ograny pomysł, że go to kręci – rozwijam szybko zdanie i teraz on rozumie.

Dalej jestem przerażony, w co mnie „Dziku" wciągnąć chce, a już wciągnięty jestem, ale na spokojnie udaję, że wcale nie. Niestety, on mi parę razy pomógł, taka sytuacja. Na przykład z tą, co się o most rozjebała, a wcale nie musiała, mogła sobie żyć przecież, nikt jej nie kazał. Reguły wzajemności Cialdiniego „Dziku" nie czytał, ale zna życie. O wywieraniu wpływu to by mógł „Dziku" nauczać na uniwersytetach. Znowu się głupio odezwę za chwilę:

– Chcesz za bańkę zamordować dziewczynę? – On znowu nie rozumie, bo jednak nie jesteśmy z jednego białka. – Cen nie znam, to dużo, czy mało? – ratuję sytuację.

Teraz on ponownie rozumie, aż wybucha śmiechem.

– W chuj dużo, za dziesięć tysięcy potrafiliśmy, jak bidnie się kręciło. – Jak można nie znać realiów warszawskich, ile za głowę, on się dziwi, że co ja wiem?

– Ty, „Dziku", a do czego ja ci jestem potrzebny w tej układance? – pytam po przejęciu coś jakby wigoru. – Przecież nie będę jej dymał i dźgał nożami. – Chcę się wymigać na śmichowato niby, bardzo chcę się wymigać, bardzo.

– Bo ci powiem szczerze, Sławciu, sam mógłbym to zrobić z paroma chłopakami. Ale tak jeszcze nie robiliśmy i ja bym chciał, żebyś nam wszystko ułożył na spokojnie. Bo ja z tobą robiłem już i wiem, że jak ty ułożysz, to jest każdy szczegół nieprzeoczony. Że zaplanujesz i się wszystkiemu przyjrzysz wielostronnie i od spodu, o to po prostu chodzi, żeby tego nie zjebać na rympał, co, gdzie, jak, po kolei, ty masz zimną krew – docenia, a mi w aortach bulgocze. Nie wymigam się raczej. Nie. Raczej nie. – Dla ciebie będzie pajda ćwierć bańki, może być, Sławciu? – Patrzą na mnie oczy gada, ja nie będę negocjować, wymyślę im to, kurwa mać, niedobrze.

– Może być – zgadzam się. – Musisz się spotkać z biznesmenem, ja nie chcę wiedzieć kto to i go znać nie chcę, koło chuja mi to lata i zapytać go o szczegóły zlecenia, czego on chce dokładnie, za co zapłaci, a za co nie, żeby nie było potem niepotrzebnych sytuacji. Muszę wiedzieć, co mam wymyślić. Czy ty masz lokal, gdzie to zrobić można, czy ja mam szukać? – pytam „Dziku".

– Mam lokal, technicznie ogarnę, tylko o plan chodzi, co po czym i jak konkretnie, a gdzie są jakieś pułapki, Sławciu. Możliwość wywrotki, gdzie jest.

– Rozumiem, dobrze. Zadzwoń do mnie, jak będziesz wiedział od zleceniodawcy wszystko. – I na końcu jeszcze jeden robię błąd – Ty, a jak on nie będzie chciał zapłacić?

A „Dziku" widocznie myśli, że jestem po jakichś prochach zmieniających mózg człowieka w gówno nosorożca, że co ja kurwa pierdolę jemu, „Dziku", że klient nie będzie chciał zapłacić, jak umówione jest? Przecież by „Dziku" wyciągnął te pieniądze z pizdy kogoś bliskiego biznesmenowi, na przykład może być kobieta jakaś albo coś, więc on nic nie odpowiada, to nie jest ten świat, że ktoś się opóźnia z płaceniem faktur i twoja firma traci płynność. To jest świat, w którym zwłoki płyną Wisłą, królową polskich rzek, nie do rozpoznania bez zębów i opuszków palców, tatuaże to czasem problem. To jest taka Warszawa, stolica nasza, która ma swoich bohaterów, a co ja tu, kurwa, robię, żyję i to jak. Nic mi więc nie odpowiada, bo nie ma opóźnień w płatnościach company „Dziku and Przyjaciele", a ja podaję mu rękę i wychodzę, niedobrze, niepotrzebnie, trzeba to będzie zrobić. Są bowiem biedni w rękach bogatych rozrywką, żartem. Są bowiem biedni, by zaspokajać zachcianki i żądze, i żeby karmić się ich strachem, a nigdy nie wiesz, czy jesteś bogaty czy biedny. I kiedy zabawią się tobą, a zrobią to, bądź pewien.

Chciałbym wam napisać bracia i siostry, że to się nie stało. Ale się stało. Stało się wszystko, co się miało stać. Ułożyłem im to bardzo w kolejności, ułożyłem, bracia i siostry. Ułożyłem. Nie będę się zagłębiał w szczegółów labirynt, bo i po co, nie jestem dumny z tego, nie jestem. Chciałbym to ukryć, nie mówić o tym, ale spleen się sączy. Tu rzeczy miały miejsce. Zatajać nie ma co. Wolałbym nie dostać tych dwustu pięćdziesięciu tysięcy peelenów, ale wziąłem je. Powiedziałem im detalicznie od A do Z. Co z ciałem zrobić też im powiedziałem, a były to sprawy chemiczne i rozpuszczające, i na rynku dość nowe. A „Dziku" zwraca się do mnie w tym momencie:

– Ciekawe, nie znałem tego sposobu, to działa?

I patrzy ku mnie, a ja patrzę ku niemu, a on już wie, że zaszła tu pewna niestosowność z jego tym razem strony wobec mnie. Odnośnie do moich planów nie pyta się: „To działa?" i on łapie to, i mówi:

– Sławciu, ale po prostu może wypróbuję najpierw na psie, po prostu, co sądzisz?

– Chcesz zajebać Cezara? – dopytuję, bo on ma dumnego Cezara, doga argentyńskiego, bo co mógłby mieć, przecież nie maltańczyka jak jakaś ciota. A dogi argentyńskie, to jest ta rasa biała, bracia i siostry, co jest naukowo udowodnione, które są odpowiedzialne za wyginięcie dinozaurów, bo dinozaury wkurwiały dogi argentyńskie i skończyło się, jak się skończyło, sami wiecie. Dogi są, a dinozaurów ni chuja.

– Mamusię prędzej bym zajebał, ale stara kurwa dawno zdechła. – Śmieje się „Dziku", ja też się lekko uśmiecham towarzysko, ale nie komentuję, ponieważ relacje rodzinne są skomplikowane, czasem można kogoś przez nieostrożność urazić. Po co? – Ze schroniska na Paluchu wezmę, jak zawsze – wyjaśnia on.

– Co jak zawsze? Tobie z taką aparycją ktoś psa dał ze schroniska? Przecież ty z wyglądu jesteś, że byś go zjadł. – Dziwię się.

– Nie, no. Przecież nie ja, tylko któraś z moich narzeczonych – mówi „Dziku".

A ja już nie dopytuję: „Ile ty masz narzeczonych?", bo znam temat. Bo narzeczonych ma się tyle, ile potrzeba. A jak brakuje jakiejś narzeczonej, to się jedzie na przykład beemką na ulicę Wał Miedzeszyński, gdzie mieści się znane disco, gdzie mieszczą się obciągi w każdej liczbie wymiernej, gdzie mieszczą się żądne kariery i paru złotych świeżaki każdej maści i każdej maści kozaczka. Co zrobią dla księcia swojego wszystko, ale nie, że jakieś wszystko, tylko wszystko wszystko. Nie pytam więc o to.

– Po co psy stamtąd brałeś?

– A jak jakiegoś młodziaka trzeba sprawdzić, czy od niego przypadkiem miękusem nie ciągnie, to się bierze pieska i mu się daje i... – on kończy, ja nie słucham. Nie lubię, jak się pieskom krzywdę robi, ale się ze swoim nielubieniem nie obnoszę w tym praktycznym towarzystwie, bo i po co? Mówię mu zwyczajnie:

– Sprawdź na piesku.

Oni sprawdzą, im się spodoba. Działa. Wszystko ułożone, Alfa i Omega, Pierwszy i Ostatni, Początek i Koniec. I jak ułożyłem, powiedziałem im co i jak, powiedziałem też: „Nie ma mnie w tym gównie, wiecie, co macie robić i jak po kolei, ale mnie w tym nie ma". Ale „Dziku" nie chciał od jednej odstąpić rzeczy, ja próbowałem, on nie chciał odstąpić.

– Ty się znasz na ludziach, Sławciu, ty ją musisz pokazać, która to będzie, ty masz dobrą rękę, resztę zrobimy my – powiedział.

Dobrze. Siedzieliśmy więc w Galerii Mokotów na samej górze, gdzie są różne fast foody i patrzyliśmy z „Dziku" wokół. A tam przychodziły licealistki, cichodajki, galerianki siadały, rozmawiały, patrzyły na nas. Przemijały. Lecz my szukaliśmy kogoś innego. „Dziku" poleciłem, żeby znalazł jakiegoś młodego gówniarza, materiał na gangusa, zaufanego. Ale nie z twarzomordą, tylko żeby twarzobuzię miał. Żeby się ten chłopak ubrał na studenta, że niby parę złotych, ale nie, że za bardzo podejrzanie szmalem cieknie. I żeby nasz anioł usiadł parę stolików dalej z telefonem przy dupie i wiedział, co ma robić, bo mu powiedziałem. I gnojek siedzi. Pod celą by mógł robić za kobietę, cacany, trochę taki słodziak. Czekamy i czekamy, ja kawę piję, „Dziku" wpierdala jakiś syf. Dlaczego ludzie jedzą takie syfy? Ja się go pytam:

– Dlaczego ty, kurwa, „Dziku" taki syf żresz, czy ty wiesz, że takie jedzenie na głębokim tłuszczu i z cukrem może cię zabić?

A na to „Dziku" patrzy na mnie i patrzy, patrzy na mnie i patrzy. Po czym patrzy na mnie i patrzy, następnie patrzy na mnie i patrzy. I odpowiada dopiero, jak się, kurwa, napatrzył, w ten sposób:

– Ale jak to, Sławciu, zabić mnie może cukier i tłuszcz? Przecież ty ze mną wciągasz kokę i amfę, walimy wódę do zwały, ruchamy świnie w stanie, że kto wie, czy my na dzidy wciągamy kalosze, wbijasz teścia w dupę i żresz wiadrami oksandrolon, i ty mi mówisz, że nas cukier zabije i tłuszcz? – kończy pytaniem, nieuprzejmie według mnie, ja nie odpowiadam. O czym mam z debilem gadać?

Miała takie niby rękawiczki na dłoniach, ale bez palców, czarne, a był grudzień, dość zimno na dworze. Wyglądała na zziębniętą, chociaż było ciepło w Galerii Mokotów. Te palce miała lekko czerwone, zmarznięte. Przecież poznasz, Sławciu, ten lekki kurz, leciutkiego brudu dwa dni bez prysznica, poznałem. Głębokie czarne oczy, a w nich bardzo nieciekawe wyświetlane są aktualnie historie. Co, kochanie? Spierdoliłaś z domu? W wieku 16 lat? Naprawdę było ci tam tak źle? Czy wiesz, jak źle potrafi być? Naprawdę potrafi być źle. Piekło ma swoje kręgi. Pijesz samą herbatę? Skończyły się pieniądze na jedzenie? Ogrzewasz dłonie herbatą w papierowym kubku? Masz ładną kurtkę i smutną twarz, która mówi, że nie wiesz, co ze sobą zrobić. Ktoś się zaraz tobą zaopiekuje. Wybrałem. Wybrałem dla ciebie śmierć. Mówię do „Dziku": „Ona". „Dziku" dzwoni do gówniarza: „Ona", gówniarz wstaje i podchodzi do niej, i uśmiecha się z lekką jakby nieporadnością, ona jest ładna i nieufna, dużo doznała krzywdy w życiu od bliźnich, ale ta nieporadność młodego studenta ją ujmuje, więc pozwala mu usiąść i pozwala mu zamówić coś do jedzenia dla nich, i oni za kilkanaście minut się śmieją razem z przez niego opowiedzianej historii, to dobry chłopak, a za godzinę pojadą do niego do domu. Przy wyjściu z Galerii Mokotów złapie ją za rękę, za te czarne rękawiczki bez palców. Chodzi tylko o to, kochanie, żebyś dała bogatemu panu na filmie przerażenie i śmierć, naprawdę o nic więcej. Tylko o to, o nic więcej. Nie martw się, kochanie. Wszystko będzie źle, ale to się skończy. Za trzy dni spotkam się z „Dziku"

w Starbucksie w centrum handlowym Sadyba, gdzie sobie trochę pogadamy o wszystkim i o niczym. Da mi dwuipółkilogramową reklamówkę pełną banknotów stuzłotowych:
— Twoja pajda, Sławciu.
Ćwierć bańki. Ile ważyłaś, kochanie? Pięćdziesiąt kilogramów? Jego uśmiech, jej akt zgonu. Nie ma czarnych rękawiczek bez palców.

*

— Bo oni mnie traktują jak bidusa. Widzą, że nie mam drogich ciuchów, to nawet do mnie nie podchodzą. Ciebie nigdy by tak nie potraktowali. Wiesz, jakie to jest poniżające? — żali się Kasia.
Problem jest w jej głowie, wyłącznie w jej głowie. Była na zakupach w Fashion House Outlet Centre w Piasecznie i twierdzi, że jak wchodziła do sklepów, na przykład Bossa, to sprzedawczynie, patrząc na jej ubranie, nie były zainteresowane obsługiwaniem jej. Nie wierzę w to. Problem jest wyłącznie w jej głowie. Jej ubranie jest w porządku, nigdy nie poznałbym, że jej się źle powodzi. Nie są to może ciuchy z Vitkaca, ale jest zawsze gustownie ubrana. Problem tkwi w jej głowie.
— Pojedź ze mną, to zobaczysz, muszę sobie kupić bluzeczkę, mam pieniądze, nie będę cię naciągać Sławciu.
— Dobrze, Kasiu, jedźmy.
Kasia nigdy na nic mnie nie naciągała, nigdy na nic. Nawet nie sugerowała, że coś by chciała, a jak coś dostała, byle drobiazg, była przeszczęśliwa.

Z byle czego. Co nie zmienia sytuacji, że nie lubię robić z kobietami zakupów. Wydają mi się adecyzyjne. Wchodzimy do Bossa. Od razu przykleja się do nas sprzedawczyni, czy może pomóc. Kasia niby triumfuje, jej twarz mówi: „O, no właśnie, no właśnie, ty jesteś, to nas obsługują, bo ty na sobie masz milion dolarów, ciuchy i one to widzą". Mówię, że szukamy damskich butów. Pani sprzedawczyni nas prowadzi. Kasia niby obrażona, nastroszona, śmiesznie trochę. Młoda sprzedawczyni wyszkolona jak należy, z pokorą i szacunkiem cichym, nie narzucającym się prowadzi nas i daje Kasi czarne za kostkę, takie niby trochę sportowe, do przymierzenia buty. Kasia przymierza i pyta niby o cenę, pani odpowiada, a Kasię paraliżuje, bo te buty po przecenie kosztują tysiąc dwieście złotych. I ona na mnie patrzy, nie wie, co robić, prosi, żebym ją jakoś uratował z tego, jakoś wyciągnął z tej przykrej sytuacji tysiąc dwieście złotych za buty, kosmos jakiś, za buty tyle pieniędzy? Jak z tego ma wybrnąć Kasia? Sprzedawczyni łapie jej wzrok i widzi, że coś nie tak. Mnie to wciąga. Nie robię nic, patrzę sobie. To nie jest Grochów, tu nie ma już bezczelności grochowskiego obciąga, nagle mamy zwykłą, normalną, wrażliwą, zakompleksioną trochę z powodu swojej sytuacji materialnej dziewczynę. Nie wie, co zrobić, a mnie bawi to, okrutna trochę obserwacja. Przymierza drugi but i przechadza się. Sprzedawczyni patrzy, też nie wie, co się dzieje.

– Dobre?

– Właściwie, to tak, ale jeszcze zobaczymy w innych sklepach – mówi Kasia, niepewna Kasia.
– Proszę je zapakować, weźmiemy je. I jeszcze jakąś bluzkę – decyduję.

Kasia kompletnie nie wie, co robić. Normalnie podskoczyłaby i ucałowała mnie, ale to sklep Boss a ona sparaliżowana. Nie wie, co ma zrobić. Sprzedawczyni przynosi jej kilka bluzek, Kasia ogląda. Dalej nie wie, co robić, nie dociera do niej, że będzie miała wymarzone buty, za jakiś kosmos i jeszcze może wziąć sobie bluzki. Ogląda. Mówię głośno do Kasi, żeby cały sklep słyszał:

– Ty, a te cycki to masz prawdziwe czy sztuczne, silikonowe, takie wielkie, dobrze zrobione są?

Teraz sprzedawczyni, młoda dziewczyna nie wie, co ma zrobić. Szkolili ją, ale przecież nie do takiej sytuacji, jakie cycki ma klientka, pyta klient, co robić?

– Sławciu, zamknij tę mordę, lamusie, dobrze? Idź za buty zapłać. – Kasia moja wróciła, wreszcie wróciła moja, jestem Kasia z Grochowa.

Bo trzeba być sobą w życiu, po prostu, być sobą. To kim ja do kurwy nędzy mam niby być? Kim?

– Sławciu, nie chciałam cię naciągnąć, przepraszam, nie chciałam. Ja cię nie naciągałam – tłumaczy się po wyjściu ze sklepu, a jej mina to czyste niedowierzanie, że ma te skarby i to podskakiwanie. Nikt się tak nie umie cieszyć. Ten świat nie jest taki całkiem do dupy.

– Nie pierdol już, Kasiu.
– Bo ty, Sławciu, jesteś jak chipsy.
– Jak chipsy jestem ja? Co to znaczy?

– No jak się ciebie otworzy, to nie można cię przestać. Jeść, wąchać, słuchać, kochać. Jak chipsy jesteś, Sławciu.

– A ty jesteś, Kasiu, jak przeniesienie uwagi.

– Co to znaczy, Sławciu?

– Nie wiem, ale to znaczy, że jeszcze trochę cię potrzymam, Kasiu.

*

Dwaj mężczyźni całowali się namiętnie w usta. Dwaj mężczyźni trzymali się czule za ręce. Dwaj mężczyźni patrzyli sobie z uczuciem w oczy. Wszystko to na kolorowych zdjęciach tabloidu Janka. Miał ich. Złapał. W zasadzie było po nich, choć jeszcze o tym nie wiedzieli, śpiąc przytuleni w jednym pokoju w Barcelonie. Farba drukarska schła na tytule „A żona gdzie, panie prezesie?". Janek był genialnym, dzisiaj zatroskanym o cudzą żonę, skurwielem. Trzymałem gazetę w ręku i telefonowałem do Janka.

– Cześć. Gdyby nie zdjęcia, trudno byłoby uwierzyć, że ten religijny człowiek jest po prostu gejem – zacząłem.

– To bardzo smutne, jak wewnętrznie nieuporządkowani potrafią być ludzie, których uważamy za autorytety – odparł pan redaktor.

– Zjesz ze mną śniadanie? – spytałem.

– Nie, ale mogę obiad. Mam zaraz spotkanie z człowiekiem ministra, po tym dzisiejszym artykule – odpowiedział.

– Dobra, Różana o czternastej? – zaproponowałem.

– Będę.

O godzinie czternastej siedzieliśmy z Jankiem na pierwszym piętrze willi przy ulicy Chocimskiej. Zamówiłem chrupiące placki ziemniaczane z kawiorem i comber z jelenia. Janek wziął grzankę z móżdżkiem cielęcym i kaczkę z pieca. Chciałem zamówić wino, ale Janek powiedział kelnerowi, żeby przyniósł nam butelkę czarnego Johnnie Walkera. Czarny, czarny, nie protestowałem. W końcu była to czyjaś stypa.

– Widziałem się z człowiekiem ministra. Pytał, czy było zlecenie na Wróbla. Dałem mu słowo honoru, że żadnego zlecenia nie było. Że kupiliśmy zdjęcia od jakiegoś przypadkowego kogoś, kto zwiedzał akurat Barcelonę i znał pana prezesa. Minister ustalił już z Wróblem scenariusz. Po przylocie idzie na długie zwolnienie lekarskie, a po kilku miesiącach rezygnuje ze względu na zły stan zdrowia. Dyrektora, czyli jego kochanka wypierdolą z pracy bez tych ceregieli. Firmą ma zarządzać w tym czasie jakiś Klimowski, znasz człowieka, Sławciu? – spytał Janek, zajadając się móżdżkiem.

– Znamy go, fachowiec, porządna jednostka. Akceptujemy go – powiedziałem.

– Tu masz obiecaną listę. – Wręczyłem mu kopertę. – Korzystaj z niej mądrze.

– A czy niedźwiedź sra w lesie? – zapytał retorycznie Janek.

Przy drugiej butelce whisky zagadnąłem Janka:

– Janeczku, dlaczego wszyscy chcą być tacy jak my, tylko my nie chcemy być sobą?

– Ty, Sławciu, o co ci chodzi, najebałeś się?
– Chodzi mi o nasze pokolenie. Ludzi, którzy mają dziś trzydzieści, czterdzieści lat. Kiedyś to już był koniec młodości, koniec życia, a dziś to początek naszych najlepszych lat. Mamy pieniądze, kontakty, wpływy, zdrowie, pozycję, formę, domy, samochody, super wakacje, telefony pełne numerów do dziewczyn, które nas obsłużą i nie mamy nic. *Widziałem najlepsze umysły mego pokolenia zniszczone szaleństwem, głodne, histeryczne, nagie.*
– Ty, Sławciu, jakie „pokolenie"? Większość naszego pokolenia klepie bidę po dupie i żyje za dwa tysiące na miesiąc. Naszego pokolenia nie zniszczyło żadne szaleństwo. Zniszczył je dzień powszedni. To ty miałeś i masz odwagę pożyć, jak widział Ginsberg, to ty tu, w jebanej Warszawce, widzisz tych, którzy *chodzili całą noc w butach pełnych krwi po śnieżnych nasypach doków, czekając, aż w East River otworzą się drzwi do pokoju pełnego ciepłej pary i opium,* to ty widzisz *całe intelekty wyrzygiwane w totalnych wspomnieniach z rozjarzonym wzrokiem przez siedem nocy.* Nie mieszaj do tego pokolenia. Pieniądze przewróciły ci w głowie. Gdybyś musiał zapierdalać na głodową pensję dwanaście godzin na dobę, a od żony i dzieciaków słyszałbyś, że jesteś przegrany, wtedy mógłbyś powiedzieć: „Nie mam nic". A dziś zapłacisz za knajpę rachunek, za jaki twój statystyczny rówieśnik musi przeżyć miesiąc. Jesteś wybrańcem, więc co ty mi znowu pierdolisz, Sławciu? – Janek trochę już bełkotał.

– Po pierwsze, ty dziś zapłacisz rachunek, a po drugie, mam pieniądze, bo musiałem zrezygnować ze wszystkiego, co było dla mnie ważne – wygłosiłem z patosem i przyznam, to było bardzo głupie.

– Sławciu, dla ciebie zawsze ważne były dobre ciuchy, dobry samochód, dobra wódka i dobre jebanie, z czego ty niby zrezygnowałeś? – szydził.

– No, w sumie, to z jakichś ideałów, ale teraz nie potrafię sobie przypomnieć z jakich. Chodzi mi o to, że mamy puste serca, nie mamy sumień, nie mamy Boga, nie mamy idei, mamy kokainę i leki na dwudziestoczterogodzinną potencję. Mamy też poczucie pustki, Janku, ja mam poczucie pustki – wyznałem w przypływie szczerości.

– Lepiej mieć poczucie pustki ze sterczącym w towarzystwie kart kredytowych kutasem niż idee w komplecie z nędzą. Sławciu, ty wiesz i ja wiem, że jest tylko jedna rzecz na świecie, która śmierdzi tak, że nie można wytrzymać, jest tylko jedna rzecz, której człowiek musi się wstydzić, to bieda, Sławciu, to nędza. Tylko biedy trzeba się wstydzić, bo inne rzeczy załatwiają adwokaci. Łatwo ci pierdolić o pustce, kiedy mieszkasz w swojej willi na Żoliborzu, wracasz z wypadu na Rodos, a po ulicach jeździsz swoim bmw 750. Pomyśl o zgrajach tych nieszczęśników ciułających cały rok na urlop nad Bałtykiem, gdzie i tak będzie brudno, drogo i zimno. A litościwy Pan Bóg ześle jeszcze na nich deszcz.

Żeby im dorzucić do plecaczków. Chciałbyś się z nimi zamienić?
- Pojebało cię, Janku?
- Sławciu, kocham cię! - Podniósł w górę swoją szklankę z whisky.
- Nie masz, Janku, poczucia, że to wszystko jest bez sensu?
- Sławciu, ja to sobie już poukładałem. Chciałbym być dobrym człowiekiem, ale okoliczności są niesprzyjające. Tak, to jest bez sensu, nie mogłem się doczekać sensu, więc doczekałem się kilkudziesięciu szytych na miarę garniturów wiszących w mojej garderobie i ponad setki markowych koszul. Doczekałem się domu, samochodu i fajnych dziewczyn. I takich pieniędzy, które pozwalają mi na wygodne życie. Nie ma w nim miejsca na wielkie wartości, ale nie ma też miejsca na wstyd i upokorzenie. Gdyby była wojna, walczyłbym za Polskę dzielnie, ale nie ma, więc zarabiam tu pieniądze, płacę tu podatki i wydaję tu pieniądze, jestem jakimś tam patriotą, Sławciu. Czy to mało?
- To dużo, Janku, wiesz o tym. Wiesz też, że to za mało, ale nie mam pomysłu, co zrobić - powiedziałem.
- Zrobimy to, co zawsze. Nachlamy się i wybierzemy sobie dupy - zdecydował.
- Dobrze, Janku, dziś potrzebuję prawdziwego wyzwania, wybiorę sobie jakąś grubą.
- Grubą? Grube są fajne, bo się pocą i starają. - Janek kłamał tylko wtedy, kiedy się opłacało.

*

– Sławciu, a czy ty kochałeś kiedyś kogoś?

Siedzieliśmy w restauracji Capri w Promenadzie przy Ostrobramskiej. Kasia pożerała łososia, starała się jeść kulturalnie, ale z jej łapczywością nie było to łatwe. Uwielbiałem patrzeć, jak je, jak wielką sprawia jej to przyjemność. Nikt tak nie je. Nikomu, kogo znam, jedzenie nie sprawia przyjemności, którą okazuje całym sobą. Kasia okazywała. Czekałem na kaczkę z pieca, dobrą soczystą kaczkę.

– Nie.
– Nigdy nikogo nie kochałeś?
– Nigdy nikogo.
– Niemożliwe. Nie kochałeś mamy?
– Nie. Mój ojciec katował mnie i mamę, a ona, bezwolna, patrzyła na to. Było mi jej żal, a potem zacząłem nią gardzić, na koniec stała mi się obojętna. Nie kochałem jej. *Wiecie wszyscy, że w domu nie jest mi wesoło; nikt nie zabiera mnie nigdy do teatru, bo mój opiekun jest za skąpy; Bóg nie przejmuje się mną i moją nudą, ani nie rozpieszcza mnie żadna bona. Często myślę sobie, że byłbym szczęśliwy, gdybym mógł ciągle iść prosto przed siebie; wszystkim obojętny iść, nie wiedząc dokąd, i ciągle oglądać nowe kraje. Nigdy i nigdzie nie jest mi dobrze, i zawsze mi się zdaje, że tam, gdzie mnie nie ma, byłoby mi lepiej.*

– A jakąś dziewczynę, jakaś młodzieńcza miłość?
– Nie. Mogłem się zakochać na studiach w pewnej dziewczynie. Chyba byłem blisko. Była piękna i mądra, ale zostawiła mnie. Miała na imię Iza.
– Opowiesz mi o niej?

– O Izie? Dobrze. Kiedy rozebrałem ją pierwszy raz, miałem ochotę się do niej modlić. Była tak piękna, że raz w życiu całkowicie odebrało mi oddech. Miała alabastrową skórę. Czerwono-różowe sutki na cyrklem stworzonych piersiach, stworzona absolutnie idealnie, jakby wyrzeźbiona z kości słoniowej. Miała rude włosy. Byłem granicznie podniecony i jednocześnie czułem się niegodny, żeby ją dotknąć. Ta kobieta wiedziała, co jest dobre, a co złe. Wiedziała to tak po prostu i tak robiła. Bez względu na konsekwencje. Zawsze robiła tylko to, co uznała za słuszne. Jeżeli coś było złe, nie zrobiła tego. Jeżeli ktoś był zły, nie chciała z nim być. Zostawiła mnie, bo uznała, że jestem alkoholikiem i nie chcę tego zmienić. Rzeczywiście ostro wtedy piliśmy, jak to na studiach. Poszedłem nawet do specjalisty od uzależnień, ale okazało się, że nie jestem żadnym alkoholikiem. Okazało się, że w wieku 22 lat mam krzyżowe uzależnienie, że jestem jednocześnie alkoholikiem, narkomanem oraz seksoholikiem i muszę leczyć to wszystko. Terapeuta zdawał się być mną przerażony, ale ja byłem przerażony bardziej. Bałem się, że chcą mi wszystko odebrać. Obiecałem Izie, że nie będę pił, ale nie wytrzymałem długo. Podziękowała mi za wszystko, powiedziała, że zawsze będę w jej sercu, przeprosiła i odeszła. Tak po prostu. Nie mogłem w to uwierzyć. Czułem się podle, powinienem walczyć o nią, ale uznałem, że ona zasługuje na kogoś lepszego ode mnie, solidnego, nie na takiego śmiecia jak ja. Że jest aniołem, a ja zniszczę jej życie. Podobno po mnie nigdy nie miała chłopaka, tak mówili mi nasi wspólni znajomi ze studiów. Jest nauczycielką i mieszka sama.

– Sławciu, żałujesz, że nie jesteś z nią?

– Tak, czasem tak. Myślę, że może miałbym prawdziwe życie, że byłbym lepszym człowiekiem, że miałbym w sobie harmonię, że ona by mi ją dała, że kochałbym ją może, tak, czasem żałuję życia, które z nią odeszło.

– Sławciu, a była lepsza w łóżku ode mnie?

– Pewnie, do kogo ty się obciągu porównujesz? Ty jesteś wulgarną kurwą, której sikam na ryj, a ona była subtelnym aniołem.

– Nie jestem kurwą.

– Jesteś. Masz męża, a pierdolisz się ze mną za jedzenie i prezenty, które ci kupuję.

Wiedziałem, co się za chwilę stanie. Kasia w ciągu kilku sekund miała oczy pełne łez. Oczy niewinnego, skrzywdzonego dziecka. Znów trzęsła jej się broda.

– Sławciu, nie jestem kurwą. Ja ci wszystko oddam. Sypiam tylko z tobą, nawet z mężem teraz nie śpię, kocham tylko ciebie, niczego od ciebie nie chcę. Tylko, żebyś był. Oddam ci wszystko, co mi kupiłeś. Powiedz, że żartowałeś, Sławciu, powiedz to, proszę cię.

– A jeżeli nie żartowałem?

– To nie szkodzi, to trudno, ja sobie pójdę, to nie jest twoja wina, to przeze mnie, nie powinnam się zakochiwać. To nie twoja wina – szeptała Kasia.

Z nią zawsze tak było. Nigdy nikogo za nic nie winiła, do nikogo nie miała żalu, zawsze wszystkich broniła. Sprawdzałem to wiele razy. Wiele razy doprowadzałem ją na różne sposoby do łez. Nigdy nie powiedziała mi złego słowa. Nigdy. Wiedziałem, co się za chwilę stanie. Uśmiechnąłem się swoim najcieplejszym uśmiechem i powiedziałem:

– Kasiu, przecież wiesz, że żartowałem, tylko tak się z tobą droczę. Przecież wiesz, że jesteś w moim sercu, w prawej, zdaje się, komorze.

– Wiedziałam, ty mi to ciągle robisz, a ja się, Sławciu, ciągle nabieram. Jak będę bogata, to ci wszystko kupię. Przysięgam! – Już podskakiwała na krześle z radości zrobienia mi prezentu.

– A co mi kupisz?

– No, nie wiem, bo ty wszystko masz.

– Niczego nie mam. Mam tylko ciebie, obciągu.

– A chciałbyś kiedyś kogoś kochać, Sławciu?

– A po co?

– Bo to jest piękne, Sławciu.

– Piękne? Opowiesz mi o tym?

– Tak. Jak się kogoś kocha, to jest się dwa razy. Raz jest się sobą, a przede wszystkim tym, kogo się kocha. I wszystko, co dobre, jest wtedy podwójne. A jak coś jest złego, to jest mniejsze o połowę, bo ten ktoś jest. I wystarczy, że się pomyśli o tym kimś, kogo się kocha, i wtedy wszystko ma sens, bo ten ktoś jest. A jak się go zobaczy czy porozmawia, to jest wielkie szczęście.

– A jak się go wyrucha Kasiu? – kpiłem.
– To wtedy jest niebo, Sławciu, wtedy jest niebo tu na ziemi.

*

Nigdy nawąchany nie wychodź na miasto. Nigdy nawąchany nie wychodź na miasto. Nigdy nawąchany nie wychodź na miasto. Kolejna zasada, którą złamałem. A było tak: czułem rosnącą agresję. Zrodziła się w pracy. Najpierw, kiedy miałem rano dojechać do naszej siedziby na ulicę Domaniewską na Mordorze. To tu są ulokowane tysiące firm w Warszawie przez jakiegoś kretyna architekta, który nie pomyślał, że nie da się tu dojechać i wyjechać tyloma samochodami rano i po południu, więc tworzyły się gigantyczne korki i kilometr jechało się godzinę. I już byłem tykającą bombą w swoim wkurwionym bmw 750. W biurze okazało się, że jeden z zespołów wykorzystał moją kilkudniową nieobecność do robienia niczego. Byliśmy odpowiedzialni za kampanię wizerunkową dużego banku. Przez tydzień prace nie posunęły się naprzód, bo żaden z moich pracowników nie potrafił podjąć prostych decyzji. Nikt nie pytał mnie o zdanie, ale też nikt niczego nie robił, a czas gonił. Kiedy zadzwonił człowiek z banku z pytaniem o postępy, powiedziałem, że oddzwonię. Przepytałem swoich ludzi i podjąłem decyzję. Zwolniłem dwie kluczowe osoby. Było trochę nieprzyjemnie, było życiowo. Miałem żal do siebie, że nie dopilnowałem ludzi, których uważałem za samodzielnych.

Byłem więc irytacją, bo pracę będę musiał wykonać sam, nikt nie zdążył się wystarczająco wdrożyć w projekt. To znaczy były dwie osoby, ale je zwolniłem. Może zbyt impulsywnie, a może nie. Wszystko jedno. Zwolniłem dyrektorkę, która pracowała ze mną kilka lat i właśnie płakała mi przy biurku.

– Wiesz, że sama wychowuję dziecko, wiesz, że mam kredyt, wiesz, że nie jestem z Warszawy i nikt mi tu nie pomoże, i wiesz, że to nie była moja wina. Dlaczego mnie zwalniasz?

– Bo nie przyszłaś do mnie i nie powiedziałaś, że nic nie robicie.

– Nie byłam szefem projektu. Nie jestem donosicielem.

– Nie jesteś, to twój wybór. Już cię nie ma w tym i innych projektach. Zwalniam cię ze świadczenia pracy, masz wolne trzy miesiące, coś sobie znajdziesz.

– Nie zmienisz zdania?

– Nie.

– Dlaczego taki jesteś?

– Bo postanowiłem przetrwać, a ty postanowiłaś wegetować. – Zakończyłem rozmowę.

Być może znowu skrzywdziłem kogoś niewinnego. Być może. Imperia buduje się cegłami z ofiar. Próbowałem pozbyć się napięcia w nocy na całodobowej siłowni przy Ostrobramskiej. Zrobiłem naprawdę ciężki trening nóg i pleców. Robiłem serie przysiadów ze sztangą ważącą 180 kilogramów. Nie pomogło. Czułem przypływ endorfin w mózgu, ale nie pozbyłem się napięcia. A chciałem się pozbyć. W łazience prawie pustej siłowni na szarym blacie usypałem dwie białe ścieżki. Wciągnąłem obie, nawet nie szukałem banknotu. Efekt był natychmiastowy, efekt był piorunujący. Byłem zatankowany lotniczym paliwem, byłem gotów do najtrudniejszych zadań, byłem kimś, byłem sensem świata i siebie. Byłem tym już teraz. Narkotyki muszą być złe, skoro są tak dobre. Byłem nawąchany i miałem potrzebę przygód. Na stację BP przy ulicy Fieldorfa pojechałem w sportowej czarnej bluzie z kapturem od Alexandra McQueena, który pracował kiedyś dla Givenchy i Gucciego, takiej wyszywanej w trupie czachy, która kosztowała chyba z tysiąc dolarów i tylko ja ją w stolicy miałem i jeden taki sklep, w którym nigdy nikt nic nie kupił, bo ludzie nie są tacy głupi jak ja, żeby tyle płacić za bluzę tylko po to, żebym sam ją dźwigał w wielomilionowym mieście, lecz się z siebie śmiałem, ze swojego konsekwencji braku, bo mi się bluza podobała wielce, ale ten projektant to był jednak pedałem, a pedały to mi się tak bardzo znowu nie podobają, bo one są za miękkie, i jak wieść niesie popodcinał sobie żyły tasakiem, serio, i umarł z tych wszystkich zmartwień pewnie trochę ludzkich, a trochę pedalskich, taki popodcinany i powieszony na pasku od spodni w szafie, miał chyba 40 lat wówczas, a plotka głosi, że do męża, no bo to zamężny był ciaptak, a jakże, napisał list czuły ostatni o następującej treści: „Karm moje pieski", to takie smutne lub też wstrząsająco głupie, teraz akurat nie mogę się zdecydować. Chciałem nadmienić jak każdy, że ja nie mam nic do pedałów, wiadomo, przecież się człowiek lęka, że jakby coś miał do pedałów i by się wydało, że coś ma, to go wyzwą gorzej niż od pedała, bo od niedobrego człowieka. A kto dziś chciałby być niedobrym człowiekiem? Na pewno nie ja. Ale żebym w bluzie od nieżywego pedała chodził, to się właśnie działo. Pachniałem perfumami od innego Angola, Roji Dove'a, nie wiem czy pedała czy nie, co mnie to obchodzi, czy ja ludzi będę sprawdzał teraz pod tym kątem, ciągle to robię mimowolnie, pedały żałosne, i kosztował malutki flakon tych perfum też z tysiąc jak bluza dolców, a kupiłem go, bo sprzedawca powiedział, że pachnie jakimś drzewem bogów, więc sobie pomyślałem, że sobie popachnę drzewem bogów, a buty miałem sportowe Philippa Pleina, za kostkę, ze skóry pewnie węża, tańsze od perfum, o kilka złotych chyba, a może droższe, nie pamiętam, platynową kartą płaciłem ze swoim zdjęciem z tyłu, specjalnie dla mnie zrobioną, to skąd mogę pamiętać, co kosztowało ile? Odkąd wprowadzono na świecie platynowe karty nikt nie wie, co ile kosztuje. To chyba jakiś trik. *Pierwsza zasada Fight Clubu: nigdy nie rozmawiaj o Fight Clubie. Ósma i ostatnia zasada Fight Clubu: jeśli przychodzisz tu pierwszy raz, musisz walczyć.* I w tym wszystkim ja, z tętniącą kokainą w meandrach żył. Z boku budynku stacji siedziało kilku żuli. Kasia wyjaśniła mi potem, że to Grochów, a na Grochowie są borczony, a nie żule. Siedziało więc kilku borczonów. Kupiłem colę, trzy czwarte litra czystej wódki i sześć puszkowych piw.

– Napijecie się? – spytałem śmierdzących sobie leciuteńko borczonów, bo był październik, a w październiku nie śmierdzi się już bezwstydnie jak latem.

– Pewnie, panie Sławciu – odparł nie wiem który.

O! Skąd wiedział, że jestem Sławciem? Nie miałem pojęcia, ale pomyślałem, że nie ma co pytać, że to się przecież wyjaśni. Podałem im piwo.

– Ale Mirkowi, panie Sławciu, to pan sprawiedliwie coś więcej powinien dać, bo ostatnio, jak mu pan wpierdolił, to musieliśmy z nim na pogotowie jechać – wychrypiał właściciel skołtunionej brody.

Proszę, proszę, ile to się można dowiedzieć. Obecny tu jakiś Mirosław zaliczył ostatnio oklep. Sprawcą miał być Sławciu. A Sławciu nic a nic nie pamięta.

– Azaliż prawda to, Mirku? – zapytałem nie wiadomo kogo, bo skąd, kurwa, miałem wiedzieć, który z tych jebanych śmierdzieli jest Mirkiem?

Wstał borczon chudy i wyższy ode mnie o głowę. Kiedy podchodził do mnie, zauważyłem ruchy wieloletniego skończonego alkoholika, taki krok zombi. Takie przykurcze, takie popalone komórki nerwowe.

– Zęby mi pan, panie Sławciu, wybił. Żalu nie mam, bo było w uczciwej walce, tylko że korzenie trzeba było usunąć – seplenił, pokazując dziąsła i brak czterech górnych zębów.

– Niezły chuj – odpowiedziałem jak kretyn, ale strasznie zachciało mi się śmiać.

Sytuacja wydała mi się komiczna, bo nic a nic nie pamiętałem z żadnej walki z borczonem. A ten borczon jeszcze mówi, że ja z nim uczciwie walczyłem, a ja to sobie wyobrażam, moją walkę z tym ludzkim szkieletem. Ja pierdolę, jaki dzień, jakie upodlenie. Niech mi najświętszy Sławomir przebaczy. Czy istnieje najświętszy Sławomir? Do kogo, kurwa, mają się modlić koksy? Czemu większość tych świętych, których szanuję i podziwiam, sprawia na mnie wrażenie jakichś wymuskanych gejów czy coś? Gdzie w Kościele miejsce dla mężczyzn? Ale to inny temat, inne zagadnienie, a tu borczon Mirek mi mówi, że stoczyłem z nim uczciwy pojedynek, kiedy ja powinienem go przegryźć albo przełamać po prostu. Odkręciłem więc butelkę czystej wódki, a nie była ciepła, bracia i siostry. I piłem, i piłem, i piłem z butelki, a świat zamarł, a borczony milczały, marząc, że są właśnie mną. I czułem ogień hutniczego pieca wlewający się do ust, płynąc, płonął w gardle, i znalazłszy się w brzuchu, postanowił podpalić moje serce. Serce czekało, bijąc. I zaczęło płonąć. I wyjąłem portfel Joopa z błękitnej skóry jakiegoś zamordowanego zwierzęcia i rzuciłem Mirkowi dwa dwustuzłotowe banknoty.

– Tu masz dwie stówy za zęby, a tu drugie za dzisiejszą walkę. I masz trzecie. – Wyjąłem jeszcze jeden banknot. – Weź sobie pomocnika – rzekłem.

Czwarta zasada Fight Clubu: walczy tylko dwóch facetów. Złamałem ją. Krzyknąłem do borczonów:
– *Szósta zasada Fight Clubu: bez koszul i butów. Siódma: walka trwa tyle, ile musi.* Rozbierać się, śmiecie – powiedziałem, a byłem już dobrze zrobiony koką i wódą.

I nie znał niebezpieczeństw mój aktualny chemiczny mózg. Zacząłem więc nogami robić Roya Jonesa Juniora. A były to swego czasu najlepsze bokserskie nogi świata, a na nogach miałem buty Pleina. Bardzo dobrze musiało mi to wychodzić, bo siedząca pod boczną ścianą widownia żuli i meneli, i borczonów była mną zachwycona. To było moje Colloseum, to była moja chwała, to była moja pogarda dla świata. Zdejmując z siebie McQuenna, z obrzydzeniem patrzyłem na łachmany zdejmowane przez Mirka i jakiegoś jego kolegę, który miał już mordę tak obitą, że przypominała mi wielki kawałek surowego steku Black Angus, który wybierałem kilka dni wcześniej z kucharzem w restauracji Jeff's na Polach Mokotowskich.

– Zwycięzca otrzyma ten oto stalowy zegarek Rolex Oyster wart zdecydowanie więcej niż od chuja – ogłosiłem, zdejmując z nadgarstka zegarek i pokazując go światu.

I Bóg mi świadkiem, że wtedy właśnie wyszeptałem Lermontowem: *Umrzeć to umrzeć, strata dla świata niewielka, a i mnie porządnie się już znudziło. Jestem jak człowiek, który ziewa na balu, lecz nie jedzie spać do domu tylko dlatego, że nie ma jeszcze jego karety.* Po czym jebnąłem ryjem o asfalt, nieświadomy, że ktoś z tyłu rozbił mi butelkę na głowie. To nie była do końca uczciwa walka, ale też nie takiej się spodziewałem, bracia i siostry. Jednak tej nocy, Bóg nie zesłał mi jeszcze karety do piekła.

– Proszę pana, słyszy mnie pan? Czy pan mnie słyszy? – Nade mną stał policjant, a pamięć wróciła: koka, wóda, walka, bęc.

– Tak, słyszę, ktoś mnie napadł.

Zacząłem wstawać i błyskawicznie szacować straty. Nie miałem swojego rolexa na nadgarstku. Nie miałem dokumentów, portfela, kluczyka do bmw i telefonu. Nie miałem butów i bluzy. Byłem ciągle na tyłach stacji benzynowej BP przy Fieldorfa i ciągle była noc. Buty leżały obok, koszula i bluza też, zauważyłem, że bmw ciągle stoi przy stacji.

– Czy ma pan jakieś dokumenty? – spytał policjant o twarzy policjanta.

– Tak, chwileczkę. – Zacząłem niby sprawdzać kieszenie spodni, chociaż wiedziałem, że są puste.

I wtedy zmaterializował się bezzębny Mirek. Cud teleportacji.

– Panie Sławciu, tutaj wszystko jest: i dokumenciki, i portfel, i kluczyki, i telefon, i zegareczek. Wszystko jest elegancko, a pieniędzy w portfelu nie było, to i nie ma. – Policjanci obserwowali zombie Mireczka, który oddawał mi wartościowe rzeczy, z pewnym zdziwieniem.

– A pan kim jest? – zwrócił się do niego gliniarz.

– Serdecznym jestem przyjacielem pana Sławcia i nikt na niego nie napadł, tylko się pan Sławciu przewrócił na głowę kilka razy – wybełkotał Mireczek.

– Zgłasza pan napaść, czy nie? Jest pan ranny, wezwać pogotowie? – pytał mnie policjant.

– Nie, nie zgłaszam żadnej napaści, przewróciłem się. Pogotowia też nie trzeba, zagoi się. Dziękuję i przepraszam za kłopot – powiedziałem.

– Nic tu po nas, niech pan na siebie uważa – zakończył interwencję jeden z gliniarzy, wsiadając do służbowego kia.

– Zajebaliście mi pieniądze, kurwy. W portfelu było ponad tysiąc złotych – wycedziłem do Mirka.

– Nie ma pan za co dziękować, jesteśmy biedni, ale uczciwi, za bardzo nie kradniemy. Nie ma się też co sprzeczać o pieniądze, najważniejsze, że wszystko pan ma i pan żyje. Tak między nami, to chcieli też zajumać panu zegarek, ale powiedziałem, że to rolex i pewnie z papierami, my byśmy nikomu tego nie sprzedali. Poza tym, przecież pan tu będzie wpadał – skomentował Mirek.

– Słuszne i dalekowzroczne podjęliście decyzje. Dziękuję i jadę do domu.

Nie miałem pewności czy dojadę, ponieważ dalej byłem zrobiony tą wódą i koką, a poza tym obity, ale udało mi się dotrzeć. Wziąłem kąpiel, wyrzygałem się i przy lustrach w łazience obejrzałem swoją głowę. Trzeba było dzwonić do Marcina.

– Cześć, Sławciu. Co jest? – Usłyszałem jego zaspany, ale zawsze życzliwy głos. Są na świecie ludzie.

– Awaria jest, Marcinku.
– Duża?
– Duża.
– Głowa?
– Głowa.
– Gdzie jesteś?
– W domu.
– Ubiorę się i jadę – obiecał.

Przyjechał za godzinę, piłem kawę i jadłem tosty. Nalałem mu filiżankę mocnego kolumbijskiego napoju.

– Paskudna sprawa, może się paprać. Sławciu, kto cię tak obił, twoja Kasia?

– Nie, panie doktorze, to byli bliźni.

– Rany nie są głębokie, nie jest konieczne szycie. Muszę założyć ci opatrunek, masz go nosić co najmniej cały dzień. Gdybyś miał mózg, mógłby być wstrząśnięty. – Wypisał mi receptę na jakieś gówno, którym miałem przemywać ranę. Marcin, jeszcze jeden, który nie pasował do tego świata.

*

Kasia polubiła Zajazd Napoleoński, ponieważ był spokojny, intymny i mieli w nim dobre jedzenie. Jej uśmiech sprawił, że kochali ją kelnerzy, kelnerki oraz recepcjonistki. Ciągle z nimi żartowała, a oni odwdzięczali się, jak mogli. Kasia miała w sobie miłość do świata i zdziwiony tym świat był nią zachwycony. Pochłaniała właśnie carpaccio, a ja piłem tylko kawę, ponieważ niestety śmierdziałem. Jak można jeść, kiedy się śmierdzi? Zaiste, śmierdziałem piorunująco. Miałem czyste ubranie, ale czułem, jak cuchnę. Nie myłem się dwa dni. Sam w to nie wierzyłem. Chodziłem na treningi, ale nie myłem się, chodziłem do pracy, ale nie myłem się. W biurze wyłapałem kilka zdziwionych spojrzeń. Moi pracownicy nie byli w stanie uwierzyć, że ten smród jest mojego autorstwa. Tymczasem udawałem, że „ale o co chodzi?". Myłem tylko zęby. Perfumowałem się wtedy starym, sprawdzonym, bordowym Joopem. Kasia prosiła mnie, żebym nie mył się dwa dni, więc się nie myłem. Od wąchania mnie miała mieć orgazmy. Wąchaniem miała we mnie wejść i poznać mnie, moją przeszłość i przyszłość. Tak twierdziła. Chciałem to zobaczyć. Poszliśmy do pokoju na pierwszym piętrze, po lekko skrzypiących schodach obłożonych ciemnozielonym dywanem. Rozebrałem się i położyłem całkiem nagi na podwójnym łóżku. Zaiste, silne wydzielałem wonie. Kasia się właśnie rozbierała.

– Boże, Sławciu, ja już cię czuję. – Podskakiwała z radości, pospiesznie ściągając czarny koronkowy stanik.

Trudno było w to uwierzyć, nie w to, że ściągała stanik, nie w to. Właśnie miała się wydarzyć jedna z najbardziej dziwnych rzeczy w moim dziwnym życiu. Nagle moja piękna blondyneczka zamieniła się w sukę, w nachalnie obwąchującą mnie prawdziwą sukę. Naprawdę była psem, zwierzęciem, zwykłym, brutalnie wąchającym mnie psem. Wsadziła mi nos pod pachę, wzięła głęboki wdech, wyprostowała się, wyjąc:

– O ja pierdolę!

Po czym natychmiast zaczęła obwąchiwać mnie całego, szybko, zaspokajając głód. Jakby siedziała na mnie okrakiem i przyspieszyła swoje ruchy, żeby dojść. Ale dotykała mnie tylko nosem. Z niemym zachwytem patrzyłem, niewiele rozumiejąc. Pisząc: „obwąchiwać mnie całego", mam na myśli całego. Całego. Przysięgam, bracia i siostry, nigdy, przenigdy nawet nie słyszałem o podobnym widowisku. Wyobraźcie sobie, że ktoś każe pięknej kobiecie odegrać rolę szalonego psa. To była ta rola, tylko że Kasia niczego nie grała. W niej to się działo, wydarzało. Moje zapachy, jak mówiła ona, teraz właśnie w nią wnikały. Ja to widziałem, widziałem jak się nimi karmi, widziałem, jak je zjada, pożera. I nagle jej ramiona zaczęły się trząść. Usiadła prosto, a jej szczupłe barki podnosiły się i opadały gwałtownie, dokładnie w rytm spazmatycznego płaczu, który nią targał, którego nie mogła powstrzymać, który widziałem, takie barkami wstrząsanie, spazm, raz w życiu, raz, dawno, bardzo dawno widziałem to, raz, dokładnie taki sam w każdym jednym szczególe. Tylko raz widziałem też takie szczupłe, może nie takie aż szczupłe, bo męskie, ale wtedy szczupłe barki, wtedy moje, ale ja nie pamiętałem, bo pamiętać nie chciałem. Teraz mi się przypomniało, niepotrzebnie, nikt nie wiedział, po co miał wiedzieć, po co komu wiedza o spazmach cudzych, tyle ludzie mają spazmów swoich prywatnych, bólu. Zapytałem ją, co się dzieje. A ona mi mówi i szlocha spazmem jednocześnie, jak takie małe skrzywdzone największą na świecie krzywdą dziecko, ma wykrzywioną Kasia całkiem tę swoją piękną buzię, jak dziecko mówi wykrzywioną płaczem buzią:

– Bo ona się pierdoli z koksem jakimś właśnie teraz dawno temu, ja to widzę teraz, bo ja teraz jestem tobą kiedyś, a ty, ty widzisz teraz tamto kiedyś, Sławciu, ja widzę, jestem twoją pamięcią, a nie byłeś wtedy Sławciem takim jak teraz, jesteś tu we mnie, w moim zapachu, tylko takim przed jakby Sławciem, a on ci właśnie dyma twoją miłość, koks jakiś to robi, w tym momencie on to robi, ja to widzę właśnie tobą.

I nagle zaczyna się Kasia strasznie dusić. Oczy jej wychodzą niespodziewanie na wierzch, że prawie całe kulki widać oczu i jest cała czerwona albo sina, już nie wiem, jaki ma kolor ona cała. Teraz to się dzieje, teraz, nie kiedyś. Nie ma przeszłości, wszystko jest jednocześnie, zawsze w tym pokoju, czas się nie dzieli na przeszłość, teraźniejszość, przyszłość. W Zajeździe Napoleońskim wszystko jest jednocześnie. I charczy, i nie mówi Kasia nic.

– No, mów! – krzyczę przerażony, że się stanie z nią coś, te oczy wyszły, ale ona nie mówi, tylko sinieje sobie dalej i pokazuje swoją ręką na coś, a ja patrzę na co. A ona pokazuje na moją dłoń prawą, która spoczywa na jej szyi i ona ją dusi, jebana dłoń! Nad którą ja zapanowałem, przecież nad rękoma się panuje i jej mówię wtedy-teraz: „Mów!". Ale nie dłoni, tylko Kasi, przecież po co rozmawiać z dłonią? A ona znowu zaczyna tę swoją twarz w najbardziej na świecie skrzywdzone dziecko wykrzywiać i szlochać:

– Ona ci tym koksem to zrobiła, ona ci zajebała duszę. Zajebała cię na zawsze. Nie ma czego ratować.

I znów zaczyna się dusić, i te oczy, ale ja już wiem, o co chodzi. Chodzi o tę moją przecież dłoń prawą znowu. I ją zabieram z jej szyi. I krzyczę do niej wtedy tak:

– Gówno widziałaś, takiego nigdy nie było nic, nigdy nie było takiego nic, nigdy!

Tak mówię głośno, ale gdzieś z otchłani niepamięci snuje mi się wspomnienie ode mnie całkiem niezależne: „I przyszły noce czarniejsze od czerni".

A Kasia recytuje wtedy głośno:

– I przyszły noce czarniejsze od czerni.

Nie mogła tego słyszeć, a wypowiedziała to. Sprawdzam jeszcze, czy to działa, gdy myślę sobie po cichu, wtedy tak myślałem, zanim jakoś chyba umarłem i zanim urodził się całkiem niepotrzebnie on, ten Sławciu: „A najgorsze przede mną, przyszłość".

A Kasia mówi, a nie mogła słyszeć:

– A najgorsze przede mną, przyszłość.

Zupełnie nie na temat bezwolnie myśli mi się prywatnie: „Jesteśmy tu tylko przez chwilę. Dłuży mi się".

Kasia szlochem, spazmem wtrąca wtedy swoje, a nie mogła przecież tego słyszeć:

– Jesteśmy tu tylko przez chwilę. Dłuży mi się. Sławciu, ja tego nie rozumiem, jak dłuży, skoro przez chwilę? To bez sensu, Sławciu.

A ja na to:

– No, bez sensu.

Wtedy zabieram Kasi ten szloch, płacz i to ramionami wstrząsanie, zabieram jej wszystko, po chuj jej to. Teraz się moje, koksa, ramiona wstrząsają, ale staram się nie szlochać, nieumiejętnie się staram, słabo wychodzi mi to, ale się staram. To są już inne moje ramiona, nie jak kiedyś, to jestem całkiem inny ja, ten sam, nic się nie zmieniłem, ludzie się nie zmieniają, tylko po prostu jakoś tak, mnie nie ma, jestem ja. O tym nie wiedział nikt. Nikt. Nigdy, nikt. Nawet jej, tamtej, nie powiedziałem, że widziałem, bo ona nie widziała, że ja widziałem, że przez uchylone drzwi, tylko po prostu wyprowadziłem się, nigdy nie spotkałem chyba albo nie chciałem spotkać, nie zobaczyłem jej, nie chcę. A ona nie wiedziała dlaczego. I ona rozpaczała, że ją zostawiłem. Tego pamiętać nie chciałem, więc nie pamiętałem, wyrzuciłem z pamięci. Tego nie było nigdy, nie wydarzyło się nic. Więc niestety szlocham, a ja nigdy nie szlocham. Dlaczego mam szlochać? Przez ten świat? Jebie mnie to. Przecież nie ma nic, co warte byłoby szlochania. Nic. Więc szlocham. Patrzą na mnie wesołe już oczy Kasi, szydercze, gdy ona mówi:

– Frajer! Rogacz posrany. Koks ci miłość wydymał na twoich oczach. – I się śmieje.

Ja jej mówię, że ją uderzę, jak będzie tak do mnie mówić, tylko mówię wulgarnie, nie będę pisał jak, nie lubię wulgarności w książkach. A ona szydzi:

– Też mi kara! – I śmieje się ze mnie, i pluje mi w twarz, i mówi, że jest we mnie przez zapach, weszła, że zna moją przyszłość, czy ja chcę poznać. A ja, że nie chcę. Ona mówi do mnie tak:

– To się dobrze składa, Sławciu, to się dobrze składa, że ty nie chcesz.

Spodziewałem się, że może być dziwnie z tym wąchaniem, chociaż w nic nie wierzyłem, głupoty takie, ale nie, że będę zabijany i patroszony, i na lewą będę wywijany stronę. Nie wiem, co robić. Ja zawsze wiem. Ale teraz nie wiem.

Siedzę, a Kasia mnie zaczyna znów wąchać. Po niespełna dwóch minutach zaczyna się trząść i wić. Już wtedy nie szlocham, bo niby dlaczego. Nie było nic. Zawsze w ten sposób przeżywała orgazm, co już mówiłem, a ona znowu przeżywa. Nie dotknąłem jej. Ona w zasadzie nie dotknęła mnie. Tak, miała orgazm od wąchania. Prawdziwy, głęboki, egoistyczny orgazm. Od samego wąchania mnie. Miałem wzwód.

– Kasiu, to już?

– Zamknij ryj! – rzuciła i dalej się trzęsła.

Sekwencja obrazów rejestrowanych przez mózg wnika we mnie przez skórę w tym momencie, oczami czuję, zapamiętuję ciałem. Czy można się nawrócić, widząc nagą, trzęsącą się z rozkoszy kobietę? Czy można w ten sposób uwierzyć, wejść na właściwą drogę życia tego i zostać nawróconym? Może moją duszę mógł uratować tylko kurwoanioł przez wąchanie i obciąganie? I tenże kurwoanioł zstąpił z grochowskiego blokowiska i zmieniał mnie? Nie, nie. Nie nawróciłem się. Nie wydarzyła się, żadna religijna tandeta. Byłem natomiast w jakiejś metafizycznej dziurze nierozumienia niczego, byłem w jakimś zawieszeniu, byłem podniecony i po paru minutach zaczęliśmy. Zdążyła jeszcze powiedzieć:

– A jednak kochałeś mamę.
– Nie kochałem.
– Nie kłam, byłam w tobie. Kochałeś ją i nie chcesz tego pamiętać. Sporo rzeczy nie chcesz pamiętać. Byłam w tobie, Sławciu, byłam w środku. Wiem o tobie wszystko, zawsze będziesz we mnie, już ze mnie nie wyjdziesz. Nie wyjdziesz ze mnie nigdy. A ja z ciebie. Zostawiłam w tobie swoje ślady. Już mnie nie wymażesz ze swojego środka. Znam twoją przyszłość.

– A znasz swoją?
– Znam, teraz będziesz mnie bił. Nie mogę się doczekać, Sławciu. – I uśmiechnęła się może nawet niewinnie, ale raczej nie. Naładowany brutalny ja, ona wulgarna na sposób, który doprowadzał mnie do szału. Żadna kobieta nigdy mnie tak nie traktowała. Głupia, jebana dziwka! Kochałem sposób, w jaki mnie traktowała. Posadziłem ją na szafce z lustrem. Wszedłem w nią płynnie i widziałem, jak się wyprężyła, widziałem, jak gwałtownie nabrała powietrza, widziałem jej uciekające w jednej chwili oczy.

– Wsadzisz mi wreszcie, czy nie? Lamusie? – syczała, a była już całkiem kurwą, złą, samolubną, ordynarną, niszczącą mnie kurwą. Pieprzyłem ją, jakby to była jakaś walka. Jęczała i upokarzała mnie. – Słabo ruchasz i masz małego. Nic nie czuję. Wyruchałam pół osiedla, ale takiego lamusa jeszcze nie miałam. Powiedzieć ci, kto mnie miał? Powiedzieć ci? A dużo mamy czasu, czy zaraz skończysz tym swoim małym chujkiem?

Uderzyłem ją w twarz. Miłość, jakbym chciał zabić. Podniecenie, nienawiść, adrenalina, zabić. Śmiała się, mówiła, że nigdy nie było jej tak cudownie i upokarzała mnie na przemian, nie wiem, gdzie była, pewnie w jakimś niebie dla skończonych dziwek.

– Nawet bić nie umiesz, co za kasztan!

Uderzyłem ją tak, że spadła w następującej kolejności: po pierwsze z kutasa, po drugie z szafki. Tak, to była właśnie ta kolejność. Leżała na podłodze i się wiła. Miała kolejny orgazm.

– Sławciu, Sławciu, Sławciu, kocham cię, Sławciu, kocham cię, Sławciu, kocham cię, kocham, kocham.

Zasłaniała rękoma głowę, bojąc się kopniaków, które uderzyły, bo tego się zatrzymać nie da, a ja, cóż ja? Rozsypany, pozbawiony godności, dumy, honoru na rzecz szczęścia, które rozsadzało mi zdumiewającym ciężarem ciepła każdą komórkę, obserwowałem, jak moja sperma w zwolnionym tempie tryskała w kierunku jej rozrzuconych na wykładzinie włosów.

*

Wyjąłem z lodówki hormon wzrostu i wbijałem sobie w skórę na brzuchu, kiedy zadzwonił telefon. Lubię hormon wzrostu, bo daje młodość. Regenerujesz się nieprawdopodobnie. Śpisz po cztery godziny i jesteś wyspany. Zdecydowanie wzmacnia działanie sterydów, poza tym nie jest dla biedaków. Zrobiłem więc zastrzyk malutką igiełką, schowałem wszystko do lodówki i odebrałem. Dzwonił były minister, Andrzej:

– Sławciu, miałbyś dziś dla mnie chwilkę czasu? – spytał.

– Nie mówi się „chwilkę czasu", bo słowo „chwilka" dotyczy wyłącznie czasu, więc ten zwrot to pleonazm, sprawdź baranie, co to znaczy. I ty, kurwa, byłeś ministrem? Biedna i umęczona ta moja ojczyzna – odparłem.

– Nie wygłupiaj się, Sławciu, za dwie godziny w Marriotcie na dole? – ustalał szczegóły.

– Dobra. – Rozłączyłem się.

Wjechałem z tyłu na parking, na którym ciecie za parę złotych zawsze znajdą dla Sławcia miejsce. Znaleźli. Andrzej już czekał w kawiarni na dole. Przy innych stolikach zauważyłem kilku przedsiębiorców, jakiegoś telewizyjnego dziennikarza, który uważał, że jest ważny, i dwóch całkiem bystrych bandytów. Po prostu Marriott. Miałem na sobie spodnie i bluzę Armaniego w kilku odcieniach szarości, pachniałem świeżą Acqua di Gio, też Armaniego, dobrze się z tym czułem. Andrzej siedział przy małym stoliku na podwyższeniu sam i pił, o ja pierdolę, herbatę. Miał nalaną, lekko już czerwoną od picia wódy przez lata gębę i jowialny sposób bycia. Lecz zauważyłem pewne wyparowanie jowialności.

– Siemanko, Andrzejku, pięknie wyglądasz. Która kochanka tak cię odmładza? – zagadnąłem.

– Ech, Sławciu, Sławciu. Ty się nigdy nie zmienisz. Czego się napijesz? – spytał.

– Przyjechałem samochodem, więc whisky – zdecydowałem.

Ściągnął wzrokiem kelnerkę i kiedy podeszła, powiedział:

– Glenfiddicha dla pana. – Miło, że pamiętał moją ulubioną markę, miło. – Jest pewien problem, Sławciu...

– Kurwa, nie uwierzysz Andrzeju, podejrzewałem, że jest jakiś problem! – Miałem nadzieję, że rozładuję w ten sposób trochę atmosferę, że były minister się uśmiechnie, ale było bardzo źle, bo zdawał się nie rozumieć moich intencji.

– Pewien polityk trochę przesadził z alkoholem dzisiejszej nocy. Zachowywał się, powiedzmy, nie najlepiej, i fotoreporter zrobił mu zdjęcie, rozumiesz? – upewniał się.

– Rozumiem. – Dostałem swoją whisky, właśnie ją wąchałem, a ten głupek czegoś chciał.

– I co można z tym zrobić, Sławciu?

– Z czym, kurwa?

– Z tą sprawą.

– Z jaką, kurwa, sprawą? Może mi wreszcie powiesz, w czym jest problem, bo pierdolisz coś dookoła. O co ci chodzi? Kto się najebał? Co zrobił?

Kto ma zdjęcia? Co jest na zdjęciach? Hę? – Patrzyłem mu w oczy, a on wyłamywał palce.

– Ja. Urwał mi się film i leżałem na podłodze w hotelowym korytarzu. Wiśniewski z „Wieczornego" zrobił mi zdjęcia, jak się ukażą jest po mnie. Wyrzucą mnie z partii. Nie dostanę się na listę w najbliższych wyborach, a ja nic nie umiem robić, całe życie nic nie robiłem, umiem tylko być politykiem.

– Nie pierdol, Andrzeju, politykiem to ty też nie umiesz być. *Tylko utraciwszy wszystko, można robić wszystko* – cytowałem mu Tylera Durdena.

Ten jebany pierdolony głąb nie miał pojęcia, kto to jest. Był przeciętnym politykiem, czyli niedouczonym pewnym siebie nikim. Whisky była fantastyczna, fantastyczna.

– I czego, Andrzeju, chcesz ode mnie, przecież nie jestem wydawcą, nie jestem jakimś redaktorem naczelnym – spytałem.

– Żeby się nie ukazało, ja zapłacę każde pieniądze. Przecież ty znasz wszystkich. – Nasz wspaniały minister Andrzej wpatrywał się we mnie przerażonymi, szukającymi nadziei oczami.

– Pieniądze, pieniądze. To tak nie działa. Pieniądze to mogę wziąć ja, bo ja lubię pieniądze, ale szef tabloidu będzie chciał od ciebie czegoś innego – wyjaśniłem.

– Czego?

– Jakiejś historii, on handluje historiami.

– Jakiej historii?

– Sprzedaj mu kogoś, jakiegoś swojego znajomego polityka, który ma na sumieniu jakieś świństwo, wtedy może nie wydrukuje twojego zdjęcia.

– Mam sprzedać swojego znajomego tabloidom? Przecież to kurewstwo!

– Po chuj, Andrzeju, akurat teraz myślisz takimi kategoriami? Kurewstwo czy coś tam. Nie mieszaj do tego moralności. Załatw swój problem.

– Przecież to jest cyniczne, co mówisz, Sławciu. Tak nie można robić.

– Okej, masz rację, dopiję whisky i sobie idę.

– Zaczekaj!

Powiem wam, bracia i siostry, że wszyscy jesteśmy tacy sami. Że nikt z nas nie jest inny. Mamy silny instynkt samozachowawczy i w naszym Andrzeju ów instynkt nokautował właśnie sumienie. Jeszcze przez chwilę, widziałem to po twarzy Andrzeja, sumienie chciało wstać, ale jednak dostało za mocno w ryj. I poległo:

– Mam taką historię. Mój przyjaciel z partii ma nieślubne dziecko z podwładną. Uznał dziecko i płaci na nie. Ale nikt o tym nie wie w partii, jego żona też nie wie. – Jednak sumienie trochę go gryzło. Najtrudniej skurwić się pierwszy raz, potem już zawsze z górki.

– Co to za poseł?

– Matuszewski.

– Matuszewski? Nasz przewodniczący komisji spraw zagranicznych, słynny moralizator? – pytałem.

– Tak. Wiem, gdzie mieszka jego kochanka i dziecko, mogę podać adres. Mam dokument stwierdzający jego ojcostwo, bo to mój przyjaciel. – Sumienie Andrzeja przestało dawać oznaki życia.

– Dobrze. To wygląda na wystarczający towar na zamianę – uznałem. – Idę popracować.

Jechałem do Janka i telefonowałem do Janka.
– Co tam, Sławciu?
– Wpadłbym do ciebie na chwilkę.
– Sławciu, to coś pilnego? Jestem w redakcji, robię gazetę na jutro. Mnóstwo roboty.
– No właśnie pilnego, bo to o gazetę chodzi.
– Mógłbyś mówić jaśniej?
– A najebany Andrzej leży ciągle na pierwszej stronie twojego jutrzejszego wydania? – spytałem.
– Czekam na ciebie – odpowiedział po krótkiej chwili.

Siedziałem w gabinecie redaktora naczelnego na skórzanym ciemnym fotelu i piłem espresso. Janek nie mówił ani słowa. Czekał. Wytrawny gracz.

– Przyszedł do mnie i zaproponował pieniądze, żeby to zdjęcie się nie ukazało – powiedziałem i zamilkłem. On też milczał.

– Mam nowy ekspres do kawy, wydaje mi się, że espresso jest jakby aromatyczniejsze – stwierdził Janek. To była jednak klasa.

– Ma też historię, którą może ci sprzedać, żebyś miał coś w zamian.

– Poseł Andrzej Skarszewski ma historię, która może przebić jego zdjęcie, jak pijany i nieprzytomny leży na hotelowej wykładzinie? To musiałaby być jakaś nieprawdopodobna opowiastka. –

Kiedy rozmawialiśmy o interesach, zachowywał się, jakbyśmy się nie znali.

– To historia innego posła, który ma nieślubne dziecko, przyznał się do ojcostwa, a ani władze klubu, ani jego żona nic o tym nie wiedzą – dokończyłem.

– Sądzisz, że to przebije tę fotografię? – Podszedł do biurka i odwrócił monitor w moją stronę.

To było naprawdę dobre zdjęcie. Poseł Andrzej Skarszewski nie powiedział mi wszystkiego. Na hotelowej wykładzinie leżał głową we własnych, jak sądzę, wymiocinach i w posikanych, rozpiętych spodniach. To zdjęcie to nie był koniec kariery politycznej pana posła, to było zamordowanie go z zimną krwią.

– Myślę, że jest jednak cień szansy, że nie opublikujesz tego zdjęcia – zawiesiłem głos.

– W czym upatrujesz szansę, Sławciu?

– W nazwisku posła, o którym mówię.

– Jakże zwą owego nieszczęśnika?

– Matuszewski, Jarosław Matuszewski – odparłem.

Janek odwrócił monitor i z powrotem usiadł koło mnie. Jego twarz miała wreszcie minę. Jarosław Matuszewski, no, no, marzenie Janka właśnie się spełniało. Matuszewski przez lata był otwartym wrogiem Janka i tabloidów. Przy każdej nadarzającej się okazji krytykował popularne gazety za wszystko, za jakieś instynkty, za rozebrane zdjęcia kobiet, za uproszczone przekazy. Był wielkim gazetowym inkwizytorem, moralizatorem. Wytoczył Jankowi kilka procesów, w tym jeden karny z artykułu 212 kk, czyli zniesławienia. Panowie szczerze się nienawidzili. I tu właśnie leżała szansa posła Andrzeja Skarszewskiego.

– Dobrze, mam te zdjęcia na wyłączność, mogę je dziś zdjąć. Dziś, najpóźniej jutro muszę dostać komplet materiałów na Matuszewskiego. Gdzie mieszka ta jego mała dziwka, wszystko o niej i o dziecku, dokument z uznaniem ojcostwa. Załatwiam to, Sławciu, przez ciebie, czy ten obszczaniec skontaktuje się ze mną? – pytał.

– Czeka na twój telefon i twoje zmiłowanie, Janku. Tu masz jego numer. – Podsunąłem mu wizytówkę. Nawet na nią nie spojrzał.

– Sławciu, zabierz to. To nie jest dobry moment, żeby mnie obrażać, mam jego numer. Załatwię to.

Podaliśmy sobie ręce. Pieniędzy, prawdziwych pieniędzy, nie zarabia się w pracy.

*

To był mocny i długi seks. Długi i mocny. Mocny i długi. Prawdopodobnie wziąłem wszystko. Alkoholu chyba tylko nie piłem tego dnia w piątek, a jeśli piłem, to mało, a jeżeli dużo, to nie pamiętam. Po drugiej chyba godzinie Kasia zaczęła się robić biała na twarzy. I nagle powiedziała mi głosem, którym wcześniej nie mówiła nic i nigdy, bo to nie był jej głos i było w tym głosie coś strasznego, ostatecznego, a ja wiedziałem, że ona nie jest w naszej konwencji, że jak się kochamy czy rżniemy, jak zwał tak zwał, to możemy wszystko sobie powiedzieć, nawet wyznać sobie miłość, czego ja nigdy nie zrobiłem, bo to jednak poważne są sprawy a nie strzelanie spermą w oko. I jeszcze wam, bracia i siostry, nie nadmieniałem, że Kasia miała chore serce od lat, dodatkowe skurcze komorowe serca leczone lekami i szpitalami, i jakimiś operacjami, i ona nie powinna się w zasadzie ze mną pierdolić w ten sposób, który wymagał od niej jednak dużego wysiłku, przeżyć, a ode mnie wymagał natomiast, żebym przegonił te demony, które mówiły mi całe życie, po chuj ci to życie, daj sobie spokój, nic nie rób, bo po co? Może stąd więc wynikało to zapamiętanie w seksie? Chociaż wątpię, po chwili namysłu stwierdzam, że ja to po prostu bardzo lubię. Ale przeganiałem demony na krótko, a z Kasią na dłużej. Ona mi więc powiedziała tym głosem, jakby zza horyzontu, zza grobu czy coś:

– Uciekaj, Sławciu, ja zaraz umrę, ciebie niech tu nie będzie, ty nieprzyjemności przez taką szmatę jak ja nie powinieneś mieć.

I wtedy w pokoju numer 4 w Zajeździe Napoleońskim miałem minę najgłupszego głupka świata. Głupszego nie ma. Przysięgam. Jeszcze w niej byłem, jeszcze w nic nie wierzyłem, a ona leciutkim drżeniem mi odpływała i trupią bladością, jakby nie miała krwi ciepłej, tylko coś fioletowego zimnego płynęło w niej w środku. Jeszcze w niej byłem, jeszcze w nic nie wierzyłem. I uwierzyłem, przeraziłem się.

– Nie waż się! Nie waż się, kurwa, umierać! Nie waż się! Nawet o tym nie myśl! – wrzeszczałem.

Nie wiedziałem, co robić, bardzo rzadko mówi się bowiem o tym w telewizji śniadaniowej i na lekcjach też nie, mało jest o tym życiowych poradników, co zrobić, jak ty kogoś pierdolisz i ten ktoś ci umiera na rękach czy też na kutasie. I mógłby być w tym poradniku podział, czy ci zależy na tym kimś, kto umiera, czy w ogóle zwis. Byłem niedouczony, ale może tak właśnie musiało być. Wybiegłem więc z pokoju, a do recepcji było kilka metrów jednym korytarzem, bo to mały zajazd i przytulny. I zacząłem krzyczeć:

– Niech pani dzwoni na pogotowie, na pogotowie! Kasia umiera! Kasia!

Nie wiem, czy wtedy byłem tylko paniką, czy płaczem, tego nie wiem, choć powinienem wiedzieć, bo po kilku dniach właściciel pokaże mi nagranie z monitoringu kolorowego, ale bez głosu. I na tym monitoringu widziałem za parę dni z boku, co się aktualnie dzieje właśnie, że bardzo machałem rękoma i nie wiedziałem, czy stać, czy biec, chciałem biec, a stawałem, jakby z rozsądku krzycząc: „Pomocy, pomocy!". Na monitoringu widać, że nie zdążyłem włożyć ani koszuli, ani szlafroka. Widać, że jestem całkiem nagi i wciąż sterczy mi chuj. Ten chuj dźga ze mną powietrze, bo ja dźgam powietrze całym ciałem. A wykładzina jest tam zielona w dystyngowane wzory, co miało mnie uspokajać, ale ja wtedy cały, razem z tym chujem absurdalnym, byłem niespokojny. I przy wysokim blacie recepcji stało kilka osób, co miałem chyba w dupie, albo i nie wiem, nie interesowało mnie. Po prostu darłem się: „Kasia umiera, ratujcie ją!" i chyba właśnie w tym momencie zacząłem płakać. A stojący przy recepcji ludzie byli zszokowani mną, a jeden pan był mniej, bo powiedział: „Jestem lekarzem". Którego ja chciałem na ręce wziąć i z nim pobiec, ale złapałem go tylko za rękę i krzyknąłem: „Chodź!". A Kasia leżała w pokoju numer 4 martwa jakby, na co ja nie mogłem patrzeć, a ten lekarz krzyknął, żebym mu przyniósł jakąś torbę i ja wybiegłem. I na monitoringu za kilka dni widzę, że mi aktualnie w czasie biegania po torbę sterczy cały czas, co jest trochę dziwne, bo chyba powinien już opaść. Ale wtedy się nie przejmowałem nagością ani w ogóle na przykład swoim wewnętrznym smutkiem też nie. I widać, że szlocham jak dziecko, bo mną normalnie wstrząsa, biorę jakąś torbę sprzed recepcji i lecę do tego lekarza, który Kasię reanimuje całą nagą przy jej piersi pięknej ugniata i mówi jednocześnie przez telefon, który ramieniem dociska do ucha, jakieś dziwne słowa, z których rozumiem tylko „arytmia" i to, że on jest ten doktor zdenerwowany, i dopiero wtedy idę po szlafrok do łazienki z wanną, gdzie się kąpaliśmy, i wychodzę, i idę przez ten korytarz, i skręcam w lewo, gdzie jest barek hotelowy ze wszystkimi trunkami, ale za barkiem nikogo nie ma. A chuj mnie to obchodzi, więc przeskakuję barek i odkręcam tam bourbona Jim Beam i po prostu wlewam pół butelki w siebie. Zjawia się kelner i patrzy na mnie, i nic nie mówi, bo wszystko słyszał, i zna mnie, i ja jego znam, a ja ważę 115 kilogramów i jestem dobrym bogatym

klientem. I daje mi przełknąć, i chwilę odpocząć po przełknięciu. I wreszcie mówi:
– Panie Sławciu, ja w dużą szklankę naleję z lodem. Tak jak pan lubi.
A ja na to:
– A Kasia nie umrze, co nie?
A on odpowiada:
– Mowy nie ma, panie Sławciu, mowy nie ma, żeby Kasia umarła.
A ja się zgadzam:
– To dobrze, to dobrze, to pan naleje.
I jak przyjeżdża prawdziwe pogotowie, to jestem kompletnie zrobiony już przez bourbona, bo wypiłem całą butelkę i jednak patrzę na Kasię na noszach z taką maską tlenową na twarzy, a ona patrzy na mnie, i ja to widzę, uśmiecha się, jakby mi żart zrobiła. Moja kurwa, mój anioł, i płaczę, i pytam lekarzy:
– Gdzie ją wieziecie?
– Na Szaserów.
– Aha. – Przyswajam.
I śpię do późnej nocy w Zajeździe Napoleońskim w pokoju numer 4 i budzę się z kacem i nie wiem, co się stało, i muszę sobie wszystko przypomnieć, a czuję, że jest mi bardzo, bardzo smutno, bardzo, bardzo smutno, bardzo, bardzo smutno, więc zaczynam od tego, co jest w moim życiu najważniejsze, od motta z Huysmansa *Na wspak*, które mi porządkuje życie, podobnie jak *Ojcze nasz* i *Zdrowaś Mario*, tylko że czasem działa to, a czasem tamto. To zależy, a ja nie wiem od czego, więc odmawiam głośno: *Mam radować się*

ponad czasem, choćby w ludziach wstręt budziła moja radość, ich zaś prostackie umysły nie pojmowały tego, co chcę im powiedzieć. Co zresztą rzekł pewien mistyk, może ja byłem jakimś błądzącym mistykiem? Mistykiem z błądzącym chujem?

*

Janek zajebał posła Jarosława Matuszewskiego katolika. Amen. Napierdalał w niego dwa tygodnie. Zaczął od tego, że w „Wieczornym" wydrukował plotkę, że mówi się na mieście, że on, ten sławny moralizator, że on nie jest taki święty i że zdradził żonę. A on, ten Matuszewski moralizator debil dał się złapać Jankowi i poszedł do znajomej dziennikarki w telewizji, też katoliczki, która kiedyś robiła mi laskę w samochodzie po pewnym przyjęciu, trochę była pijana, co tu akurat nie ma nic do rzeczy, ja jej powiedziałem, że też jestem katolikiem, chociaż trochę aktualnie trzeba mnie nawrócić, co w zasadzie było prawdą, ale pomyślałem wtedy, że to ją bardziej skłoni do pochylenia się nade mną i nad moim problemem, bo zawsze łatwiej katoliczce zrobić laskę katolikowi niż na przykład jakiemuś agnostykowi i to się sprawdziło, choć robiła słabo i trochę była tłusta, i ubrudziła mi spodnie, bo we wszystkim była niestaranna, i w wywiadzie telewizyjnym napluł na Janka przy milionach ludzi ten Matuszewski poseł, że jest plotkarzem, kłamcą i tabloidy to zło, i że trzeba wszystkich ich zniszczyć oraz zamknąć, bo on nigdy żadnej kochanki nie miał. I że on mu nowy proces wytoczy, żeby go załatwić ostatecznie. Koniec, amen, kropka. I bardzo, jebany, perorował. I na to właśnie czekał Janek. I wyobraziłem sobie tę jego twarz bez miny, jak oglądał ten wywiad i te jego oczy, w których odbijała się już śmierć Matuszewskiego nieludzka, w męczarniach. Widziałem te oczy. Następnego dnia „Wieczorny" na jedynce dał zdjęcie kochanki pana posła moralizatora i wielki tytuł: „Oto kochanka pana posła". I myślę, ale tu nie mam pewności, że wtedy się pan poseł Matuszewski zesrał. Choć to moja hipoteza. Faktem jest jednak, że elokwentny pan poseł Matuszewski zamknął wtedy mordę i zapadł się w sobie i w przestrzeni, i nie było go nigdzie, i tylko jeden Janek na świecie wiedział, gdzie on jest. Bo Janek w ogóle według mnie za dużo wiedział. I dzień po dniu dawał „Wieczorny" jakieś nowe informacje o panu pośle, który zdradził żonę. A był Janek człowiekiem z planem oraz pewną myślą, która pamiętała o przeszłości, a nie pozostawiała miejsca na litość. Do każdego artykułu krzyżującego pana posła on dawał jego duże wypowiedzi archiwalne o etyce pouczające. Wszystkich pouczające, co było nawet dla jego zwolenników lekko wkurwiające, bo za bardzo. I w słowach Matuszewskiego z przeszłości widać było jak na dłoni potworne jego zakłamanie poprzez kontrast z tym, że ten katolik jebał jednak na boku, a żonie nie powiedział, że dziecko nieślubne z tego wyszło spomiędzy nóg cudzych, choć dziecko niczemu niewinne. I żona pana posła moralizatora poszła na współpracę z Jankiem, który wytłumaczył jej, że w ten sposób ona od niego dostanie cały majątek i będzie on jej płacił wysokie alimenty na nią, a ona była głęboko zraniona, więc na to poszła, bo to rozwód będzie z jego winy. I ukazał się artykuł: „Żyłam z potworem. Nienawidzę go", i żona posła Matuszewskiego, skromna kobieta, której moim zdaniem nikt na świecie nie chciałby zaszczycić kutasem, bo wyglądała, jakby przez lata nie wypuszczano jej z komórki, w której żyły kury bez kogutów, ale to moje jest zdanie subiektywne, istnieje tylu zboczeńców, że być może ktoś by ją jednak nadział, tak jej całkiem skreślać nie wolno, każdy ma do szczęścia prawo, więc ta żona posła Matuszewskiego na tych zdjęciach strasznie płakała, aż było tego kopciucha żal i darła zdjęcia ślubne na oczach milionów, co zawsze robi wrażenie przybijające. I wtedy po tym artykule Matuszewski miał próbę samobójczą, ale nieudaną, a Janek dał tytuł: „Sumienie nie daje potworowi żyć", co było według mnie genialne, choć zaczęto Janka trochę potępiać, że się znęca. Matuszewski złożył mandat poselski i dobrowolnie poszedł do zakładu zamkniętego leczyć swój chory moralizatorski łeb, w związku z czym Janek zatelefonował do mnie:

– Najebałbyś się dziś ze mną, Sławciu?

– Przykro mi, niestety, dziś chętnie – odpowiedziałem.

I słowo stało się ciałem, i alkoholizowaliśmy się całą noc. Aha, aha, aha, i dodać muszę, że poseł Andrzej Skarszewski, posłuchawszy mojej dobrej życiowej rady, żyje szczęśliwie, politykiem będąc szanowanym, a jego zdjęcia nie wypłynęły i nie wypłyną, bo parę zasad trzeba w życiu mieć, bo to jednak wygodnie. Nadmienić należy sprawiedliwie, iż nie bez znaczenia jest fakt, że on wie, gdzie są zdjęcia, więc kulturalny być musi w stosunku do ludzi, którzy mu pomogli i do końca życia za mordę delikatnie trzymać go mogą, ale po co, jak sam się będzie trzymał. Aczkolwiek z kasy go wydoiłem, aby pamiętał, że najlepsi przyjaciele to ci, którzy pijąc, upadają przed tobą.

*

Kasia leżała w szpitalu na Szaserów, a ja poszedłem ją odwiedzić. Ale ona nie leżała. Usłyszałem z daleka jej głośny śmiech i jak coś mówiła do kogoś. Podszedłem i posłuchałem, a były to słowa dziwne. Ona mówiła do kogoś tak: „Pawełku, jak wstaniesz, to ja ci zrobię dobrze, jak zapragniesz sobie, a ja bardzo dobrze potrafię, Pawełku, zrobić dobrze" i to było dla mnie dziwne. Ale pełen obraz skleił mi się dopiero, jak mi opowiedziały wszystko pielęgniarki, i Kasia zresztą też. Ona często była na tym oddziale sercowym dla słabiaków i znała cały personel. Kiedy jej się nudziło, to niby pielęgniarkom pomagała, a często pomagała naprawdę. W jednej sali był taki Paweł, co nie miał trzydziestu lat. On sobie grał w piłkę z synkiem małym i się przewrócił nagle, i okazało się, że mu serce chyba nie robi czy coś. I on miał niedotleniony mózg. I jego

trzymali, żeby on się może obudził, a może nie.
I codziennie do niego przychodziła żona cała zapłakana, że już nie miała oczu, żeby się obudził, ale się nie budził, w ogóle na nią nie reagował. A synka nie wpuszczali, bo za mały był. I ta głupia Kaśka, ten mój kurwoanioł, jak nie było żony, to ona siadała koło tego Pawła z rurkami przyklejonymi plastrami do twarzy i łapała go za rękę, i mówiła mu na przykład tak: „Pawełku, Pawełku jesteś bardzo ładnym chłopcem, nie chciałbyś mnie bzyknąć? Ja bym się z tobą bardzo chętnie bzyknęła. Poza tym ja bardzo dobrze, Pawełku, robię laskę, chcesz dotknąć mojej piersi?". Kasia nachylała się czasem do ucha tego Pawła i coś mu mówiła, a pielęgniarki zorientowały się, że on nieprzytomny w śpiączce na Kasię reaguje, bo mu się podnosi ciśnienie i tętno, co było od razu widać na maszynach, jak ona do niego tak mówi. A on na nikogo i na nic nie reagował wcześniej.

– Kasia, uważaj, on cię słyszy, jak się obudzi, to będzie wszystko pamiętał – powiedziała jej jedna pielęgniarka, taka grubawa fajna.

A Kasia powiedziała, że ona wie, że on słyszy, i że on się na pewno obudzi. Potem przyszła żona tego Pawła i od kogoś się dowiedziała, co się dzieje, i poszła do Kasi, i ją poprosiła ze łzami, żeby mówiła te świństwa do jej męża i jak chce to jeszcze gorsze, że ona ją błaga, bo on tylko na nią reaguje, a ona go kocha nad życie. I Kasia się zgodziła, i miała z tego dużo zabawy i radości. I cały czas mu mówiła przez ponad tydzień takie jakieś pornografie, i chichotała na cały oddział, a pielęgniarki się śmiały i inni pacjenci też przychodzili posłuchać i pośmiać się, a nikt za złe nie miał Kasi, bo ją wszyscy kochali, bo miała dobre serduszko i pomagała wszystkim, i była aniołem. A on się naprawdę obudził, ten Paweł, chociaż lekarze mówili, że się raczej nie obudzi, bo z prześwietlenia głowy wynikało, że marne szanse, i uśmiechnął się podobno do Kasi, ale tego nie widziałem, tylko słyszałem i powiedział podobno, że pamięta wszystko, co ona mówiła. Ale zabrali go ze szpitala tego samego dnia, bo on był jednak bardzo uszkodzony, do długiej jakiejś rehabilitacji, raczej całkiem sprawny nie będzie, ale stał się jakiś tam cud, bo on był przeznaczony do kasacji całkowitej, ten Paweł. A Kasia wyszła po dwóch tygodniach ze szpitala i od razu się kochaliśmy. Brakowało mi jej ciała, choć miałem w tym czasie inne ciała, ale od dłuższego czasu to nie było dla mnie to samo. Nie to samo. Po tym, jak się kochaliśmy, ale jakoś tak inaczej, spokojniej jakby, delikatniej, podobało mi się, prawdopodobnie tak uprawiają seks ludzie, ona spytała mnie:

– Sławciu, czy jest coś okropnego w tym, że się kochamy?

– Nigdy nie mówiłem, że cię kocham.

– Że oddychasz też nie mówiłeś, lamusie, a oddychasz.

– Kasiu, jak my się kochamy? Sikam na ciebie, a ty lubisz, jak cię biję i kopię, masz męża, a pierdolisz się po hotelach z jakimś koksem mną? A ja uwielbiam, jak mnie bijesz i poniżasz.

To jest miłość? Ludzie pomyśleliby, że jesteś dziwką, a ja jestem degeneratem.

– Sławciu, a co za różnica, co pomyślą ludzie, skoro ty mi dajesz szczęście i ja jestem ci za to wdzięczna tak, że zrobię dla ciebie wszystko. Wszystko, Sławciu, naprawdę. Ja nie jestem ważna, ty jesteś. To jest taka po prostu miłość na pełną kurwę. Na pełną kurwę miłość. Ty jesteś zboczeńcem, narkomanem, alkoholikiem, sterydziarzem, degeneratem i najwspanialszym człowiekiem, jakiego znam, a ja pewnie jestem, jak mówisz, jakąś kurwą i jakimś aniołem. Tak już jest, Sławciu. Sławciu, a my będziemy kiedyś razem?

– Nie. Nigdy nie będziemy razem. Ludzie nie mogą być razem – odpowiedziałem.

*

– To jest ta chwila, w której będę prosił szanownych państwa o zaakceptowanie pewnej poufałości. Ona może nieco razić, ale ze względu na okoliczności mam przecież do niej prawo. Nasz laureat był bowiem moim najlepszym, choć bardzo krnąbrnym studentem. – Na sali dało się słyszeć szum cichutkiego śmiechu. – Dziś mam wielki zaszczyt być jego przyjacielem, dlatego w laudacji będę mówił po imieniu, o Sławomirze, o tobie, Sławciu.

Były wicepremier i były minister finansów, obecny szef prestiżowej Foundation Business Development, profesor Tadeusz Markowicz zwracał się bezpośrednio do mnie. Siedziałem w pierwszym rzędzie wypełnionej po brzegi trzema tysiącami przedstawicieli polskich elit Sali Kongresowej w Pałacu Kultury i Nauki. Nie, nie. Nie była wypełniona dla mnie, byłem tylko częścią wielkiej uroczystości i transmitowanego przez telewizję koncertu, które ta międzynarodowa fundacja urządzała tu od kilku lat. W tym roku postanowiono w uznaniu zasług naszej firmy uhonorować mnie, prezesa zarządu, nagrodą Skrzydeł Biznesu „Etyczny biznes". Profesor Markowicz był wytrawnym oratorem o niskim głosie, który niezwykle umiejętnie modulował. Tak, miał aktorskie zdolności. Laudację zaczął od kilku dykteryjek z czasów moich studiów, kiedy sprawiałem mu pewne kłopoty, ale:

– Sławciu, bo tak wszyscy na naszego laureata mówiliśmy, z powodu chęci niesienia pomocy każdemu i zawsze, uwielbiał już na studiach szukać dziury w całym. Nie dowierzał i kwestionował wszystkie teorie, szukał słabych punktów każdego rozwiązania i przynosił swoje odpowiedzi. Nigdy nie poprzestawał na tym, co mu dano. Dziś jego firma współpracuje z wieloma organizacjami ratującymi ludziom życie i zdrowie. Dziś, jako prezes wielkiej, uznanej spółki, nie szczędzi czasu i pieniędzy, żeby pomagać słabszym i potrzebującym. I często mnie pyta: „Tadku, co jeszcze możemy zrobić?". To dla mnie niezwykle ważne słowa w ustach menedżera wielkiego formatu, którego spółka z powodzeniem obsługuje wiele światowych firm, „Co jeszcze możemy zrobić dla innych?". Mamy przed sobą człowieka, którego nie popsuł sukces i pieniądze. Menedżera, który z troską myśli zarówno o rozwoju własnej firmy, o ludziach, których zatrudnia, jak i o tych, którzy poprzez niezawiniony zbieg okoliczności i zły los potrzebują naszego wsparcia. Statuetka „Etyczny biznes" wędruje w najlepsze ręce. Sławomirze, zapraszam na scenę!

Brawa kilku tysięcy osób mieszały się z fanfarami na moją cześć puszczonymi z głośników. Uścisnąłem dłoń pana profesora, odebrałem ciężką statuetkę w kształcie uskrzydlonej smukłej kobiety i miałem trzy minuty, żeby powiedzieć coś do zebranych. Podszedłem do mównicy.

– Po co nam nasze pieniądze i po co nam nasze firmy... – Tu zrobiłem krótką pauzę, aby zaakcentować pełną zaciekawienia ciszę, która zapanowała na sali – ...jeśli nie będziemy mieli serc? – Usłyszałem sunący przez salę pomruk aprobaty. – Etyka w biznesie, wysoka moralność w biznesie nie jest żadnym wyborem, jest koniecznością i obowiązkiem. Bez moralności nie uda się zbudować niczego trwałego, a nie ma wśród nas ludzi zainteresowanych jednodniowym sukcesem. Moralność jest siłą napędową biznesu i jego spoiwem, jest kierunkowskazem i satysfakcją przedsiębiorcy. Nie ma moralności w firmie bez moralności i etycznego postępowania ich właścicieli, menedżerów i szeregowych pracowników. Sukces zaczyna się w naszych sercach i duszach!

W tym miejscu spodziewałem się braw i one się rozległy. Elitarna publiczność spoglądała na siebie, kiwając z aprobatą głowami. Pierdoliłem tak jeszcze kilka minut ubrany w uszyty specjalnie na tę okazję czarny smoking z lekkiej wełny ze skrętem nitek 160, co sprawiało, że drogi materiał oddychał i się nie gniótł. Ten smoking nieco wyszczuplał i maskował moją muskulaturę. Miałem białą koszulę Zegny, czarną muchę i delikatne złote spinki z moimi inicjałami, zrobione przez jubilera, oczywiście na zamówienie. Spod mankietu wystawał złoty IWC Schaffhausen na czarnym pasku z krokodyla z klasyczną białą tarczą i czarnymi cyframi, nie wart więcej niż trzydzieści tysięcy dolarów. Moje sutki były oklejone plastrami, ponieważ ta kurwa Kasia pogryzła mi je wczoraj do krwi i każdy ruch tułowia powodował pewien dyskomfort. Poza tym musiałem mieć plastry, bo rany ciągle krwawiły, a bałem się czerwonych plam na śnieżnobiałej koszuli. A mówiłem dziwce: „żadnych śladów na ciele". Ja sobie gadałem, a ona traciła kontakt z rzeczywistością...

– Po co nam nasze pieniądze i po co nam nasze firmy, jeśli nie będziemy mieli serc? – zakończyłem.

Sala biła brawo na stojąco. Na scenę wszedł ze skrzypcami dwunastoletni Maciej. Prowadzący galę telewizyjny celebryta dziennikarz poinformował, że moja firma zapłaciła za operację chłopca w Stanach Zjednoczonych, która to operacja przywróciła mu słuch. Nie miałem pojęcia, że płaciłem za jakiegoś głucholca, który potwornie fałszował chyba sonatę Bacha na tych skrzypcach, ale to było przecież takie wzruszające i kojące sumienia tych kilku tysięcy bezwzględnych, pozbawionych sumień i cienia skrupułów, zakłamanych, bogatych hien zasiadających na widowni. Istnienie tylu kurew w jednym miejscu to dowód na nieistnienie Boga. Rzępolenie chłopca nagrodzono rzęsistymi oklaskami.

*

Sierpień późny już w zasadzie umierał w jakiejś gorączce, malignie, upale, a Kasia nie dzwoniła i nie dawała znaku życia od trzech tygodni, choć wiedziałem, że jest, żyje na Grochowie. Lubię ludzi z Grochowa, bo jak coś jest tak, to nie jest nie. Robiłem wtedy intensywnie rękę, bo chciałem, żeby mi powychodziły żyły na bicepsach, żeby je mięśnie wypchnęły. Co wiązało się z reżimem w jedzeniu, treningami szybkimi na małych ciężarach i dużej liczbie powtórzeń przy krótkich przerwach. Bardzo mi się lał pot po dupie. Brakowało mi Kasi. Wstrzykiwałem sobie dwa centymetry sześcienne efedryny w brzuch czterdzieści minut przed treningiem, co pobudzało i umożliwiało robienie ćwiczeń aerobowych przez dwie godziny bez trudu w dwóch bluzach, trzeba było uważać, żeby się nie odwodnić. Mózg pobudzało również, dając jasność umysłu niezmęczoną jako efekt uboczny. Poza tym jechałem na leku dla astmatyków clenbuterolu, który po prostu zjada tłuszcz, ale nie jest zbyt zdrowy. Hormonu na tarczycę wtedy nie brałem, a ten to dopiero wpierdala tkankę tłustą. Przeczuwałem. Zadzwoniła, jak byłem na siłowni przy ulicy Ostrobramskiej i hantlami po 40 kilogramów każdy pompowałem biceps, a to już jest konkret nawet dla mnie koksa 50 centymetrów łapa.

– Cześć Sławciu, co u ciebie? – spytała Kasia i to był ten głos, w którym jest chęć niepowiedzenia, usłyszałem to.
– Dobrze obciągu, u mnie dobrze. A u ciebie?
– No, też dobrze.
– To super, chcesz czegoś?
– Może napilibyśmy się kawy, Sławciu, w Macu?
– Dobrze, Kasiu, za godzinę koło salonu BMW przy Ostrobramskiej?
– Dobrze, Sławciu – powiedziała.

Dokończyłem mocny trening, choć już wiedziałem, choć spłynęła na mnie pierwsza fala smutku. Jeszcze sobie nie racjonalizowałem, że to zwykły obciąg, jeszcze sobie tego nie wmawiałem. Jeszcze nie. Po prostu długo stałem pod prysznicem i leciała na mnie woda, a ja stałem i stałem, po prostu. Kiedy wszedłem, ona już siedziała przy stoliku, spytałem, co chce zjeść, a ona, że tylko kawę, co było złe, bo ona zawsze wszystko jadła, a teraz nie. A jak nie zjadła, to pytała, czy może wziąć dla synka i brała pół kanapki albo frytki w pudełeczku, co mnie zawsze rozjebywało i mówiłem, że jej kupię dla synka, a ona, że nie. Przyniosłem dwie kawy, a w sercu miałem już tylko kamień, bo wiedziałem, że „się stało", a jak się to stanie w szczegółach, było mi obojętne.

– Długo się nie odzywałaś, Kasiu.

– No bo miałam takie sprawy – zawiesiła głos.
Wymagałem od niej czegoś więcej, że jakoś mi to wszystko po prostu powie, ja to zrozumiem, ale rozczarowywała mnie, nie mówiłem nic. Ona podjęła.

– Bo, Sławciu, gdybym kogoś poznała, to ja nie mogłabym z tobą sypiać, bo ja mogę tylko z jednym mężczyzną, żeby być w porządku. Rozumiesz mnie, Sławciu? Chyba byś to zaakceptował w takim przypadku? – I trochę mi patrzyła w oczy, ale raczej nie, bo w jej oczach był strach i obawa.

– Rozumiem dużo więcej. Nie umiesz, kurwo, kłamać. Od kilku tygodni pierdolisz się z kimś innym. Tego nie mam ci za złe. To twoja sprawa. Mam ci za złe, że mnie okłamałaś, a obiecaliśmy sobie jedno, że się nie okłamiemy.

– Bo ty powiedziałeś mi, Sławciu, że my nie możemy być razem nigdy, a ja chcę być szczęśliwa, chcę mieć dom z miłością, pomalowane ściany na piękny kolor i jestem z nim, bo on mi to obiecał, a spotkałam go w sklepie, ale kocham ciebie i jak z nim byłam w łóżku to zaczęłam płakać, że co ja ci robię, Sławciu, że źle robię, ale chcę być szczęśliwa, a kocham ciebie nie jego, a ty mnie nie chcesz, chociaż chcesz. I jak to się trochę uspokoi, to będę chciała z tobą też być, jak byłam, to dla mnie bardzo trudne, bardzo z tym źle się czuję, nie potępiaj mnie. Nie chcę cię, Sławciu, stracić, bo to jakby mi ktoś serce wyrwał. Nie potępiaj mnie – mówiła.

A ja już byłem sobą. Złym sobą.

– Nie stracisz mnie, Kasiu, nigdy mnie nie miałaś. Było mi z tobą bardzo przyjemnie, ale się właśnie skończyło. Dokonałaś wyboru. Nie potępiam, dziękuję za wszystko. Drugiej szansy nie będzie. To koniec, Kasiu. – Wstałem.
– Sławciu, Sławciu, Sławciu zaczekaj, jesteś... dla ciebie żyję.
Słyszałem taki początek szlochu, nie płaczu, szlochu, co niby chciała go ukryć, ale nie chciała, a może był za silny. Był mi obojętny. Znów ktoś mnie zabił i znowu umarłem, i znów byłem stary ja. Sprawny, rzeczowy, skupiony. Ja. *Ja to ktoś inny.* Znowu ktoś mnie okłamał, znowu ktoś mnie oszukał, ktoś, na kogo bardzo liczyłem, że nie. Mój prywatny kurwoanioł. Wyjąłem swojego iPhona, znalazłem „Kurwoanioł" i usunąłem kontakt. Jakbym ją zabił zastrzykiem. Dopiero teraz naprawdę umarła na zawsze, usunięta z pamięci iPhona. A wszystko to w McDonaldzie przy Ostrobramskiej, gdzie dość często wpadaliśmy i wszyscy ją tam kochali. Sto metrów od tego miejsca, gdzie kilkanaście miesięcy wcześniej spotkałem ją, jak jechała na rolkach Kasia z Grochowa „nawet w dupę". Ale mój smutek miał spóźniony refleks i on dopiero nadciągał. Bo to się działo w Warszawie pod koniec sierpnia, a w tym mieście już na początku sierpnia zaczyna się myśleć o śmierci twardo.

*

Pojechałem do domu. Wziąłem kąpiel, włożyłem błękitny T-shirt Hugo Bossa. Lnianą marynarkę Bossa i błękitne spodnie od Bossa. Do tego na bose stopy włożyłem niebieskie mokasyny tej samej firmy. Wszystko w tym samym kolorze, bo ja się lepiej czuję wtedy. Przez chwilę wahałem się, którą wodę toaletową Bossa wybrać. Zastanawiałem się tego dnia między dwiema: In Motion a The Scent, w końcu obficie skropiłem się tą drugą, intensywniejszą, słodszą dla mnie, bo potrzebowałem odwrócenia uwagi. Wjechałem swoim bmw 750 na ulicę Chmielną, gdzie nie wolno wjeżdżać, chyba że mieszkańcom, więc byłem tego dnia mieszkańcem. Zaparkowałem koło włoskiej knajpy Mela Verde i wszedłem, i powiedziałem przy barku temu od barku, żeby mi nalał setkę Jacka Danielsa, a on mi mówi, że nalewają po czterdzieści, a nie setkami. To musiało sprowokować moją złą postawę, bo kelner poszedł po właściciela, który był Włochem z Włoch i znał mnie, bo ja u niego często dość jadłem bardzo dobre owoce morza, i on mi powiedział: „Sławciu, ty wyglądasz, jakbyś miał zmartwienie". A ja mu odpowiedziałem: „Wiesz, jak to jest w dzisiejszych czasach. Zawsze coś". Choć już wtedy wiedziałem brzuchem, że chodzi o kurwoanioła i o olbrzymią moją stratę, że mi ktoś znowu serce wyjebał słowem, zostawieniem mnie, dla kogoś lepszego ode mnie, bardziej wartościowego, co nietrudno jest kogoś takiego znaleźć, bo go od lat nie miałem – tego serca, choć mówiłem sobie, że szmata jak tysiące, a to nie była taka zaraz prosta prawda albo i w ogóle nie była to prawda. I nalał mi naprawdę pełną szklankę, taką z grubym dnem, a ja jak profan z niej wypiłem szybko, bo tak chciałem. I powiedziałem mu, wyjmując pręgę pieniędzy kilka tysięcy złotych, które chciałem przejebać tego dnia, że ja biorę tę butelkę, a on uśmiechnął się jak Włoch. Dość lubię Włochów, bo mają w uśmiechu słońce, a Włoszki mają słońce w ruchach i we włosach. I on dał mi całą butelkę trzy czwarte litra, w której nie było tylko tej jednej szklanki, i powiedział mi, że to na koszt firmy, i żebym wypił za jego zdrowie. „Sławciu, a ty uważaj na siebie dzisiaj, bo dziś nadeszły demony", powiedział i to mnie trochę wzruszyło, bo w jego głosie była prawdziwa troska, bo on mnie lubił i znał Warszawę po zmroku, bo on wiedział o demonach w tym mieście i o moim sercu. A ja mu podziękowałem i wszedłem w nią od razu. W Warszawę. Wszedłem w nią od razu. W kurwoanioła mojego. Cały wszedłem w nią. Cały. W miasto moje jebane przez Niemców, w każdy spalony otwór kamienicy, w każdy otwór wchodziłem po tych kurwach Szwabach ja, żeby wszystkich uratować, ale nie było już kogo ratować. Poszedłem więc w kierunku Nowego Światu. Chciałem do kogoś zadzwonić, żeby usiąść, zjeść, napić się, ale zorientowałem się, że nie chciałem do nikogo zadzwonić, że z nikim nie chciałem usiąść, zjeść, napić się, chciałem być sam. Włożyłem więc słuchawki w uszy. A cały czas byłem pięknie ubrany w błękity od Hugo Bossa, Niemca, który projektował mundury dla nazistów, jak śmiałem to gówno nosić, muszę się nad sobą zastanowić, jak z katalogu milion dolarów wyglądałem jednak bez zastanowienia, co kontrastowało z moimi szerokimi chwiejącymi się barkami rozpychającymi kamienice na Nowym Świecie i z tą butelką, którą niosłem, z której chlałem bezpośrednio, idąc, nie zatrzymując się, a było pięknie i upalnie wciąż. Włączyłem *Sen o Warszawie*. A dobre miałem słuchawki AKG audiofilskie, warte jakąś pręgę albo dwie, bo ja wszystko miałem dobre oprócz siebie. I popłynął przez całego mnie Niemen, aż poczułem go w sercu centralnie, po prostu ścisnął mi pięścią serce właśnie ten Niemen: *Mam tak samo jak ty, miasto moje a w nim, najpiękniejszy mój świat, najpiękniejsze dni, zostawiłem tam kolorowe sny. Kiedyś zatrzymam czas i na skrzydłach jak ptak, będę leciał co sił, tam gdzie moje sny i warszawskie kolorowe dni.* I tak idąc tą Warszawą, myślałem, że jebała się ze wszystkimi, z Ruskimi, ze Szwabami, komuniści ją przez lata walili, i że nadstawiała dupę. I że zachowała jednak honor i godność, i czystość, co jest niemożliwe, co jest sprzecznością samą w sobie. I że 25 maja 1948 roku w więzieniu mokotowskim przy ulicy Rakowieckiej strzałem w tył głowy zastrzelił rotmistrza Witolda Pileckiego Piotr Śmietański lat 49, głupia kurwa, co bym mu wyjebał po wielekroć, i że dostał za to tysiąc złotych. A czy to możliwe, by śmierć Pileckiego zmyła wszystkie grzechy Warszawy stare i przyszłe, nie wiem. Wiem, że on był czysty i dużo, i często o nim myślałem, czytałem i wierzyłem, że mógł być taki człowiek, co to bym chciał go bardzo znać. Bardzo znać. Bardzo bym chciał być jak on, a nie ja szmata. Nie ma kurwoaniołów na świecie, chyba że Warszawa, a tamta druga niech spierdala. Jak mogłaś mi to zrobić, Kasiu? Nie ma. Przecież mnie teraz zjedzą, przecież mnie teraz wpierdolą demony. Gdzie jesteś, Kasiu? Nie odwrócę uwagi. I z pewną satysfakcją pomyślałem o Rymkiewiczu i jego *Wieszaniu*, jak lud warszawski wieszał wszystkie te bogate, zdradzieckie zera, biskupów i szlachtę. I on dokładnie opisywał, gdzie to się działo w Warszawie, na jakiej ulicy, w którym miejscu i ja dreptałem ulicami tego świętego miasta wieszającego chciwych złych ludzi, zdrajców, na pewno nie warszawiaków z duszy. Szedłem i pamiętałem zdjęcia z Powstania Warszawskiego z tej właśnie ulicy, a dochodząc do Kolumny Zygmunta przy Zamku Królewskim ponad pół flaszki Jacka Danielsa niosłem już w sobie, w swoich krwionośnych naczyniach i ten żal, i ból też niosłem, a ludzie patrzyli na mnie dziwnie, jeszcze bez niesmaku, ale byłem już kontrastem. Za bogato ubrany na borczona, w okularach rogowych od Bossa, ale z malutkim znaczkiem, czasy znaczenia się znaczkami miałem za sobą dawno, czemu on, to znaczy ja, chla z gwinta, idąc ulicą pełną ludzi? Przecież na artystę żadnego nie wyglądałem. Raczej na bogatego bandytę. Chyba. Muszę przestać pić. Przestanę. Czasem wydawało mi się, że czuję, jak giną tu i teraz te młode dziewczyny z AK i ci młodzi chłopcy, którzy szli teraz właśnie naprzeciwko mnie, z Warszawy warszawiacy, piękni tacy swoją młodością, a ja szedłem z brudem i doświadczeniem i oni nie wierzyli, że mogę istnieć taki ja, mijająca ich pomyłka groźna i potężna, niepotrzebna. Zależy na jaki nadepnąłem kamień, raz czułem, a raz nie czułem tych śmierci. Nie były zbędne, ale nie wiedziałem czemu, więc gdybyś mnie zapytał, powiedziałbym, że trzeba walczyć w słusznej sprawie, bo to jest cel, a nie żadna do celu droga. I zanim usiadłem pod Kolumną Zygmunta, to po prawej stronie płynęła Wisła: *Gdybyś ujrzeć chciał nadwiślański świt, już dziś wyruszaj ze mną tam, zobaczysz, jak przywita pięknie nas, warszawski dzień.* Wiedziałem, że na początku września 1944 Niemcy zburzyli Kolumnę i król leżał dokładnie koło moich niebieskich mokasynów, po lewej stronie od moich nóg. Serce mi się krajało, chciałem go podnieść sam, chociaż bym nie dał rady, a zresztą już go nie było teraz leżącego. Król Polski nigdy nie powinien leżeć na ziemi, więc go podniosłem i naprawiłem, i ustawiłem, a nie byłem sam, bo był rok 1949, była ze mną Warszawa, kurwoanioł mój, wtedy ją ruchali komuniści. I już do mnie szli, psy. Na czarno ubrane psy. Policjanci w czapkach bejsbolówkach, w czarnych mundurach, a ja w błękitnym Bossie, bez skarpetek, w zegarku Cartier Santos ze złotymi śrubeczkami za osiem tysięcy dolarów tak subtelnie dopieszczony, z Jackiem Danielsem w ręku, wziąłem solidny łyk, jak ich zobaczyłem, bo lepiej wypić, zanim zabiorą. Siedzę pod Kolumną Zygmunta, w niej jestem znów, w Warszawie. A był to stan zły. Demony wszystkie wzięły mnie w posiadanie i nie było ratunku, żadna nie chciała mnie kobieta, jedna mnie zostawiła, a druga, znaczy się Warszawa, stanęła z boku Kolumny i patrzyła, jak to się skończy. Wcale nie była po mojej stronie, tylko że jak wygram, to będzie po mojej, bo od tego wszystko zależy. Jak dresiara z Grochowa się zachowała Warszawa, walcz o mnie, a może twoją będę. Kurwoanioł wyczekujący taki. Chociaż Kasia by walczyła za mnie bez zastanowienia. Ale Kasi nie było, amen. Gdzie jesteś, Kasiu? Kasiu? Więc to był stan zły. Gdzie nie ma myśli, że jest przyszłość, że są jakieś konsekwencje zachowania konkretnego, aktualnego, że zaraz kilka lat spędzę w więzieniu za czynną napaść na policjanta, a właściwie na dwóch, bo musi się to wydarzyć, bo nie ma innego wyjścia, bo się nie powstrzyma tego w żaden sposób. Bo tu kroku w tył, w tym życiu nie da się zrobić. A na pewno nie Sławciu. Walę więc tego Danielsa z butelki, siedząc pod Zygmuntem królem, a policjanci podchodzą do mnie. Dwóch. I mają te czapki z daszkiem z orzełkiem z przodu. Wiem, że jestem dość dobrze zrobiony, ale jeszcze nie bełkoczę i chodziłbym prosto, ale z biegiem gorzej, i że pewne jest, że się dopierdolą, a ja nie jestem w humorze, bo jak już wspominałem, jestem we władaniu demonów, więc uderzę tego z prawej butelką w głowę w miejsce przy uchu trochę pod czapką, upadnie na pewno, nie ma bata, żeby nie jebnął gleby. A ten drugi może paść rażony lewym sierpem, ale to nie wiadomo. Potem może się uda uciec, ale szanse nie są duże, za bardzo zrobiony przez wódę jestem, zresztą teraz wszystko jedno. Oto w teatrze warszawskim, w sercu mojego jedynego miasta na świecie kurtyna idzie w górę na placu Zamkowym właśnie w tym momencie. Tego się zatrzymać nie da. Nie przegapcie niczego. Policjanci zasalutowali i ten z lewej typowany do sierpa, powiedział:

– Pije pan alkohol w miejscu publicznym.

A ja wstałem, gdyż nawet jak chcesz napierdalać policjanta, to należy mu się szacunek, ponieważ reprezentuje państwo polskie, flagę biało--czerwoną i orła. Naszego orła, który nigdy nie zwinie pod siebie skrzydeł.

– Tak – odpowiedziałem, a w oczach miałem spalone ciała sanitariuszek z AK i warszawskie kanały, i jak gwizdali na śmierć chłopcy, którzy byli dziećmi, a ta śmierć była wobec nich bezbronna, mogła ich tylko zajebać z bezsilności i to robiła. Suka. Więc to miałem w swoich zmęczonych, smutnych oczach i mój smutek prywatny, i dwa kurwoanioły, które mnie opuściły, przy czym jeden, Warszawa, stał z boku i się przyglądał, czy przyjmie mnie w ramiona, czy wyśmieje i powie: „Ty lamo bita". A ten drugi mój kurwoanioł szukał szczęścia, widocznie do szczęścia nie potrzeba miłości. I oni patrzą w te moje oczy, te psy. I oni patrzą w te moje oczy, te psy. Te psy w te oczy. A ten po prawej policjant bierze rękę do tyłu, po kajdanki pewnie, kuć mnie chce. Lecz żywy stąd nie wyjdzie nikt, psie warszawski, więc już odbezpieczam w tym momencie butelkę, bo nie ma za bardzo na co czekać, bo wydarzyć się musi wydarzenie. Bo tego się zatrzymać nie da. I on zamiast tych kajdanek wyciąga, nie wiem

skąd z tyłu, torebkę plastikową, reklamówkę taką z napisem „Biedronka", pogniecioną, jakby ją pięć lat miał w kieszeni i podaje mi, i mówi:
– Pan schowa w torbę chociaż. – Salutują i odchodzą.

A ja chowam do torby butelkę i mam rozdziawiony swój głupi ryj, i Warszawa, co stała z boku, już się rzuca na mnie, już mnie nie opuści. Na wieki wieków kurwoanioł mój, Warszawa. I podchodzi taksówkarz warszawski, który wszystko widział, bo stał koło Warszawy i wszystko wie, bo jest taksówkarzem warszawskim, i wie, że już zrobiony jestem, podatny na wydojenie, a jemu się pieniądz przyda, bo czemu miałby się nie przydać, a ja mam chyba łzy w oczach, bo teraz uświadamiam sobie, że torbą z „Biedronki" uratował mi policjant życie moje, może i chujowe, ale moje, innego nie mam.

I on, taksówkarz, pyta:
– Szef czego potrzebuje?
A ja mu mówię:
– Miłości i Boga.
A on wtedy mówi do mnie tak:
– Do pierwszej zawiozę, drugiego szef musi znaleźć sam.
– Jedźmy.